刘 亢 著

人民交通出版社股份有限公司
China Communications Press Co.,Ltd.

内 容 提 要

本书记录了三个家庭结伴同行前往越南多个城市旅游度假的过程、见闻和体会。本书原为作者网上连载文章，后整理为前后相连的三个部分，反映了作者一行初入越南之所见、休闲度假之所想和对当地人文历史之所感。文字流畅，真实而欢乐，可读性强，并能引发读者对生活、对人生的思考。

图书在版编目（CIP）数据

越南三弄 / 刘亢著. —北京：人民交通出版社股份有限公司, 2016.3
ISBN 978-7-114-12876-9

Ⅰ. ①越… Ⅱ. ①刘… Ⅲ. ①游记–作品集–中国–当代 Ⅳ. ①I267.4

中国版本图书馆CIP数据核字(2016)第049416号

书　　名：越南三弄
著 作 者：刘　亢
责任编辑：周　宇　蒲晶境
出版发行：人民交通出版社股份有限公司
地　　址：(100011) 北京市朝阳区安定门外外馆斜街3号
网　　址：http://www.ccpress.com.cn
销售电话：(010) 59757973
总 经 销：人民交通出版社股份有限公司发行部
经　　销：各地新华书店
印　　刷：北京市密东印刷有限公司
开　　本：720×960　1/16
印　　张：8.75
字　　数：88千
版　　次：2016年5月　第1版
印　　次：2016年5月　第1次印刷
书　　号：ISBN 978-7-114-12876-9
定　　价：36.00元

作者介绍

刘亢，1975年出生于四川盐亭。1998年自武汉城市建设学院交通土建工程专业毕业后，到交通部重庆公路科研所工作，长期从事桥梁工程设计与研究。现为高级工程师、技术生产部高级经理。个人兴趣是写日志，努力寻找生活乐趣。

主要人物简介

我——作者，机智性差、优柔寡断，毫无外语优势和涉外工作经验，在旅游时喜欢“人盯人”。

我夫人——作者的夫人，会计师，分不清大面额货币，建立了“既然旅游就不必搞得像逃难”的哲学思想。

莎导——新一代学霸，为了工作读了2个研究生，为了旅游学了2门外语。“定居”重庆江北国际机场，长于外交。

梦梦——作者之女，时年5岁，善良友爱型。

蒙蒙——莎导之女，时年4岁，知书达理型。

馨馨妹——梦梦的粉丝，时年3岁，白胖善食型，外形酷似闹海时期的哪吒。

黄娣——馨馨妹的妈妈，以善于侦察和捕捉美食见长。

八哥——大学同学，排行老八，机智且善于变通。

何军——初中同学，能言善辩。

李琦——作者单位生产一线中第一勤劳者，长期加班。

前　言

2014 年，利用清明节假期和年休假，我们去越南旅游。期间充分感受到旅游带给我们的新鲜、快乐和幸福。后以连载的形式写下《越南越魅力，且行且珍惜》《越南珍珠岛，苍茫云海间》《芽庄占婆庙，水上四岛游》，今结集出版，简称《越南三弄》。

Vietnam impression 目录

第一部　越南越魅力，且行且珍惜

第二部　越南珍珠岛，苍茫云海间

第三部　芽庄占婆庙，水上四岛游

第一部

越南越魅力，且行且珍惜

本部分标题，起初以为是我自创，沾沾自喜好久，结果上网一查，早在2012年，就有人发表了一篇《越越南越美丽，且行且珍惜——“十一”越南自助行》的游记……唉，算了，没法另起标题了。

——2014年4月17日

刘圆夏梦

1. 一切不安全因素和担忧，使本次越南之行蒙上了阴影。

记不太清楚，是什么时候决定越南之行的。

我是一个从来都没出过国的人。在当今这个社会，旅游已经成为人们生活中的重要组成部分，我在 2012 年办理护照的时候巧遇一群城市务工人员，工友甲对工友乙自豪地说，“每年我们都要出国耍一耍。”从未出国旅游过的我，不禁自惭形秽，幸福感急剧下降。

根本没有想到，我的出国旅游首秀，是在越南。我对一位同事说，越南恐怕要落后中国 20 年哦，这次去越南，唉……

大概提前了两个月吧，我们在网上订购了广州到胡志明市的往返机票，此次越南行日期，被锁定在了 4 月 4 日至 4 月 13 日。其中，不可思议的是：4 日进入越南，11 日离开，居然在越南停留时间足足长达 7 整天。我在想，这该算是所谓的深度游吧？一个落后我们 20 年的国家，表面上走走看看、新鲜新鲜也就罢了，真的值得一次深度游？

2014 年 3 月 8 日凌晨，马航 MH370 波音 777–200 客机失联。

2014 年 4 月 2 日夜晚，马来西亚某度假小岛发生中国游客被绑架事件。

2014 年 4 月 2 日凌晨，梦梦咳嗽加剧，伴随高烧，我们带她到儿童医院输液。

一切不安全因素和担忧，使本次越南之行蒙上了阴影。

2. 因为我参加旅行的原因，H2 组织了蒙蒙外婆；H3 仍然是婆婆妈妈组合。

先要谈谈我们的人员组成。

早在 2013 年 11 月，我家曾联合另外两家一起带小孩去香港游玩了一番，人员构成:H1（我一家三口），H2（莎莎一家三口），H3（馨馨妹，还有她的婆婆和妈妈）。其中，梦梦 5 岁，蒙蒙 4 岁，馨馨妹 3 岁，都是小女孩，身高不到 1.2 米。在香港三家人主要游玩了迪斯尼乐园、海洋公园，其次是购物。

回来后，我在网上发了一堆照片，单位上叫丽丽的同事在评论中推荐了广州长隆。有了这个基本印象后，三家人都有一起到长隆去耍一下的心愿。但具体日程未确定。

数月前，我夫人单位有同事到越南芽庄等地自由行了一番，不论是从评价还是照片来看，貌似很不错。H1 ~ H3 的三个妈妈开会决定，4 月到越南。由于重庆没有直达胡志明市的航班，并结合游长隆的愿望，计划从广州出入境。

考虑到 H2、H3 的爸爸们不可能获得一个从容的长假期，三个家庭最初考虑的是上演一出“妈妈去哪儿”。

我仔细研究了一番，认为带小孩出国玩耍，比不得在国内：

（1）语言不通。

（2）医疗条件和治疗理念有差异。

虽然，梦梦将妈妈的手机号码烂熟于心，但是在一个语言不通的国家,一旦脱离团体,其后果不堪设想,这是对于（1）的考虑。而（2）呢，我们的小孩一旦感冒咳嗽，在好多情况下，都是要用抗生素的，并且在不少情况下，要连续输液好几天才能控制病情。

基于以上考虑，我想，我虽然愚笨、机智性差、优柔寡断，毫无外语优势和涉外工作经验，至少多一个人盯住娃儿（我很喜欢“人盯人”战术），或者多一个人看守行李，可以极大地提高此行的安全保障和“劳动力”组合优势，简称“人力资源和社会保障”。于是，我提出我参团。因为我参加旅行的原因，H2 组织了蒙蒙外婆；H3 仍然是婆婆妈妈组合。三个家庭 9 个人组织完毕（图 1.1）。

图 1.1

3. 广州往返胡志明市的机票，两个成年人加一个儿童，总票价（含税）4805 元人民币。

不交代一下大致行程，不是一个好的作者。

越南分为南北两个大的地区，北方的中心城市大概就是河内，南方的中心城市大概就是胡志明市。北方相对落后，南方相对开放。越南南部可供选择的景点很多——岘港、会安、美奈、大叻、芽庄，为了迎合小朋友，我们从越南南部众多地点中，选定了大叻和芽庄。对于越南南部旅游而言，胡志明市是重要的中转站。在出发之前，我一直都以为胡志明市是越南的首都，后来才知道，河内才是。

根据以上的基本判断，确定大致路线图。4 月 4 日：重庆—广州，并在广州机场吃晚餐，之后广州—胡志明市；4 月 11 日回到广州，开始游览长隆公园；4 月 13 日晚上回到重庆。

H2 从“去哪儿网”订购了南航往返越南的机票。我了解了一下，南航官网的价格实际上比“去哪儿网”的最低价格贵不了几十元，为求个保险（我这个人相当的保守），与 H3 商量后，我们分别都在南航官网订购机票。因为时间提前得比较多（大约有 2 个月），广州往返胡志明市的机票，两个成年人加一个儿童，总票价（含税）4805 元人民币。3 月，我们分别订购了广州往返重庆的机票。

因为完全是自己去旅行，其他的事情，就头绪万千了。国内部分好办，国外部分就麻烦了。那我先从国内说起。在国内，主要是游玩广州长隆公园。广州长隆公园有欢乐世界、野生动物园等一系列的主题公园，每个公园都要单独购买门票。门票如何买，我经过网上多方查证发现网购价格其实便宜不了多少，一般为9折，就不多说了，如图1.2。关键是住宿，长隆酒店住宿起步都是一千多元，而且在春夏季，这种房间都被预订一空。再有就是一天两千、三千、四千这样的房间了。经过一番查找，我发现在景区附近有个“维也纳酒店长隆公园店”，嘿，官网优惠价253元/日。

广州长隆费用计算		
序号	明　　细	单价（元）
1	欢乐世界门票	185
2	大马戏门票	257
3	野生动物园门票	225
4	鳄鱼公园门票	80
5	欢乐世界＋大马戏套票	394
6	动物世界＋鳄鱼公园套票	265
7	白虎餐厅自主午餐成人	219
8	白虎餐厅自主午餐儿童	139
9	白虎餐厅自主晚餐成人	289
10	白虎餐厅自主晚餐儿童	149
11	维也纳酒店住宿标间1晚	253
方案一	2×（欢乐世界＋大马戏套票）+1×大马戏门票+2×野生动物园门票+2×鳄鱼公园门票+2×维也纳酒店住宿标间+2×白虎餐厅自主晚餐成人+1×白虎餐厅自主晚餐儿童	2888
方案二	2×（欢乐世界＋大马戏套票）+1×大马戏门票+2×野生动物园门票+2×鳄鱼公园门票+2×维也纳酒店住宿标间+2×白虎餐厅自主晚餐成人+1×白虎餐厅自主晚餐儿童+2×白虎餐厅自主午餐成人+1×白虎餐厅自主午餐儿童	3465

图　1.2

4. 网海茫茫，无奇不有。在查阅越南货币相关信息的时候，顺便看到了几个“因币搞笑”的小问答。

越南的货币是越南盾，与人民币的换算比例大概是 3400∶1，与美元的换算比例大概是 2.1 万∶1。出行前查到的这个结果让我大跌眼镜。我在想，在越南境内旅游时，岂不是要用很大的一个口袋来装钱？后来我才发现，我们身上背得最重的，恰恰不是越南盾，而是价值最高的——美元。

网海茫茫，无奇不有。在查阅越南货币相关内容的时候，顺便看到了几个“因币搞笑”的小问答。现在挑两个给大家说说。

A 网友在百度提问：前不久有个铁哥们从越南回来，送了我 10000 越南盾，在国内哪儿能够把越南盾换成人民币？结果有网友回复：这也算铁哥们？绝交也罢。

网上有人建议：到越南去旅游，最好是用多少换多少，用不完的越南盾拿回中国很难兑换成人民币。

B 网友在百度提问：1 越南盾能买什么？有网友回答：越南币，又称越南盾。在越南，没有 1 越南盾，最小面值是 100 盾，不过现在很少见了，连 200 盾都很少，最常见到的最小面值是 500 盾，最大面值是 50 万，越南人称为“500 千”。

说到 500 千，我要在后文里面再认真讲一讲，500 千与 50 万的重大区别。

我们多方打听，发现在中国国内无法直接用人民币兑换越南盾。中国银行现在可直接兑换的外币高达二十几种，其中并不包括越南盾。又有人说，在越南，除了越南盾，就是美元好用，美元不仅很容易兑换成越南盾，而且在很多时候，支付时需要小面额美元。于是乎，我们通过银行用人民币 9327.6 元兑换了 1500 美元（每家 500 美元）：面值 1 美元的换了 500 元，面值 5 美元的换了 500 元，面值 10 美元的换了 500 元。反正是越零越好的感觉。可后来的实践证明了，在越南基本上都是用越南盾支付；偶尔也可以用美元支付时，我们发现商家给出的换算价不好，还不如先兑换、再使用。在越南，兑换很方便，兑换比出入也不大，总之就在 2.1 万左右。而我们的这些零碎美元，不但不能达到直接使用的目的，而且在兑换时，零碎面额的美元比大面额美元的兑换比更低。

根据以上描述，我们身上背的钞票，是大至 50 万越南盾，以及小至 1 元美元。

图 1. 3 是我们未用完的越南盾，给大家展示一下。总共 36 千零 1 盾，大约 10 元人民币吧。

图 1.3

5. 在越南旅游地点明确之后，还“未成名”的莎莎开始给每个人布置一些工作。

重庆无法办理越南签证。H3 利用广西某旅行社代办签证，把护照快递去，办好后，对方把护照快递回来。越南签证有效时间为一个月。办理费用是每本护照 368 元，快递过去 22 元，对方快递回来 22 元(368 × 9+22 × 2=3356 元)。如果这算成家庭费用，相当于每家 1118 元。

在越南旅游地点明确之后，还“未成名”的莎莎开始给每个人布置一些工作。比如说，上述兑换美元和办理签证的事情，就是莎莎布置给黄娣的，黄娣出色地完成了任务。又比如说，给我安排一些任务，办理电话卡什么的。有的任务有用，但我做不了；有的任务没用，则不必做。例如电话卡，就没必要。

为什么在上段开头我写了个“未成名”的莎莎呢？因为后来她成名了，扮演了一个出色的导游，一切安排得妥妥当当。不仅对外联系、“扯皮”等一系列事情，她都完成得很好，更带领我们经历了精彩的越南行。之后的几天，大家一致认为，应该叫她“莎导”。

越南境内的吃喝玩乐行住，由莎导一手策划和安排。莎导说，这些是有步骤的，要一步步地来。地点确定后，就要确定每个地点的时间，以及区间的交通问题。确定了时间和交通再来定酒店和机票、车票。然后，就看看在什么时间需要在什么地点吃什么餐。

酒店的选择还是要参考网上的攻略，然后选择有特色的地方。在胡志明市选择的是离景区比较近的范五老街的酒店。在大叻选择的那家酒店比较有特色，是别墅改建的，而且华人老板收集了好多老爷车,离春香湖也近。当然,酒店的选择是一个综合的考虑,位置、特色、价格、舒适度，包括订房网站上的一些评价都要参考。因为我们定的大叻—芽庄的 openbus 是“新咖啡”（越南国内一家比较有名的旅行社）的，所以在芽庄第一天住宿的酒店也订的是“新咖啡”的，下车就可以到酒店。在芽庄的第 2 天因为要在珍珠岛上玩，为了时间充裕些订了岛上的酒店。第 3 天又换了酒店，是因为那天是越南国内假日，所有酒店涨价，第 1 天那个酒店价格翻倍了，所以选择了它旁边的另外一家酒店。

6. 租半天车游玩占婆庙、洗泥浆浴泡温泉、参观钟屿石岬角，晚餐在钟屿石岬角附近吃海鲜。

莎导对越南境内行程安排如下：

【4 月 5 日胡志明市】

（1）早上 9:30 从酒店出发，主要游览景点：统一宫、总统府、红教堂、中央邮局、市政厅、大剧院。

（2）午餐：Nha hang ngon；地址：160 Pasteur，P.Ben Nghe，Qua；特色：越南料理。

（3）下午去 Fanny Ice Cream 吃雪糕。

（4）晚餐：Pho hung；地址：241–3 Nguyen Trai St, Ho Chi Minh

City；特色：牛肉米粉。

（5）晚餐结束后 6:30 前返回酒店取行李去机场，晚上 8:25 的飞机。

（6）酒店地址：70 Bui Vien , District 1,Ho Chi Minh。

（7）联系酒店接机及送机，旅行社安排中文导游一天。

【4 月 6 日、7 日大叻】

（1）早上 9:00 左右从酒店到旧火车站，乘坐 9:50 的火车。9:50 ~ 10:20，10:50 ~ 11:20。中午用餐在 Dalat Tain café（1 Quang Trung St, Ward 9, Villa#3 l，Dalat +84，From Ho Xuan Huong Lake, take first left after Dalat Train Station）。

（2）午餐后前往疯狂屋子、天主教堂参观，再到新咖啡换票，然后去春香湖，可步行也可以骑自行车沿湖游玩。下午茶和晚餐在春香湖边的 Nhà Hàng Thanh Thùy（Blue Water Restaurant，2 D Nguyen Thai Hoc, Dalat）天气好可以看到日落。晚餐后步行回酒店，或者逛逛大叻夜市。

（3）早餐后前往新咖啡寄存行李，去保大 3 号避暑行宫游玩，中午 V cafe（1/1 Bui Thi Xuan, Dalat）用餐，然后乘坐新咖啡下午 1:00 的巴士前往芽庄，大约 4 小时车程。

（4）联系旅行社接机，自行游玩，交通工具步行 + 出租车。

【4 月 8 日 ~ 10 日芽庄】

（1）7 日下午 5:00 抵达芽庄，入住酒店，海边玩，酒店附近用餐。

（2）8 日早上寄存大件行李，前往珍珠岛游玩。

（3）9 日上午珍珠岛游玩，12:00 离岛，12:30 抵达港口。租半天车游玩占婆庙、洗泥浆浴泡温泉、参观钟屿石岬角，晚餐在钟屿石岬角附近吃海鲜。

（4）10 日四岛游（上午 8:30 ~ 下午 4:30），结束后下午 5:00 前往机场，19:50 ~ 20:45 飞往胡志明市。

美食：

（1）Lanterns Vietnamese Restaurant，7 日晚餐，地址：34/6 Nguyen Thien Thuat Street, Nha Trang。有春卷、烧烤、火锅。

（2）Vinamilk（芽庄店）牛奶、酸奶和雪糕，还会经过越南一个牛奶店 Ninamilk，比较大的一个店面，在一个十字路口对面有一个喷泉。里面的榴梿雪糕很好吃，两块多钱一个。榴梿味十足。草莓、石榴酸奶和榴梿雪糕，此三宝就是芽庄最爱。

（3）Pho Hong，9 日中午，地址：Hoàng Hoa Thám, Nha Trang, Khánh Hòa。非常好，有牛肉粉、海鲜、打边炉和本地炒菜，咖啡也不错。

（4）Nhat Phong 3 Seafood，9 日晚上，地址：63B Cu Lao Trung, Vinh Tho | Vinh Tho, Nha Trang（原名 Nhat Phong 3 Seafood）。

交通：大巴车直接抵达酒店，半日游和送机场租旅行社的车，其余步行和出租车。

7. 千算万算，算不到我们 H1 并不是最紧张的家族，B 计划或者 C 计划居然差点儿直接套用到了 H3 身上。

由于提前几个月就进行了内部造势（包括研究、讨论行程等），刘圆夏梦也感觉到了这是一项她可以亲自参与、还有小朋友做伴、娱乐性很高的活动，很期待，也很重视。作为大人的我们，不断地告诫她，要想成功的参加此活动，必须要注意身体，不能感冒。不知道是不是这样给她造成了心理压力。她自己也知道，这段时间一定不能感冒。

结果呢？千注意万注意的，没想到 3 月 30 日晚和 31 日早上，她开始有点咳嗽。在社区医院输液两天后，咳嗽居然还加剧了，精神也不好，人也显得烦躁。当大人提及越南之行逼近了，她自己也着急，不允许大家提这个事儿。2 日凌晨大概是 1:00，她咳嗽不停，我们被迫带着她到儿童医院去。医生说是支气管炎，并且说支气管炎很麻烦，要好几天才能好。在儿童医院输液，折腾到凌晨 5:00。

2 日白天，仍旧没有好转。下午下班后，我们再带梦梦到儿童医院输液。这个时候，我们就在考虑越南之行如何调整。由于此前订的机票，折扣很低，全部都是不签不退的，整个行程也是贯通的，某一步不能按计划进行，将直接影响到后续行程。我们考虑了好几种权宜之计。

好在 4 月 3 日，梦梦有了明显的好转。医生检查后认为 3 日再输 1 次，就可以不输液了，吃 3 天药来巩固。我心里总算松了点儿，梦梦的精神状态明显提升。

千算万算，算不到我们 H1 并不是最紧张的家族，B 计划或者 C 计划居然差点儿直接套用到了 H3 身上。

8. 我们订的航班发生变化，变了若干次，我数都数不清楚了。

提前订购机票的好处在于：省钱。坏处在于：变化无穷。这里的变化，且不说因为我们自身原因的，比如娃儿生病、工作上的紧急事情等。哦，既然都说到这里了，顺便再提一句。我在春节前就已经向领导报告了我的休假计划，获得了批准。为了加强保险系数，根据单位员工个人带薪休假有关制度，我提前一个月办理了请假手续。稳当得不能再稳当。我夫人单位就有点不太容易了，请假也设想了 A 计划和 B 计划，一直到临行前几天时间，才获得批准，很是惊险。

在订好机票之后的两个月里，不断接到航空公司的短信、邮件甚至是电话，说我们订的航班发生变化，变了若干次，我数都数不清楚了。有的变化是航班时间微调，对我们影响不大；有的变化是时间调整几个小时甚至是航班取消，需要换到另外一个航班，这种变化就影响到我们的行程安排。我们不断地回应航空公司，由于网上订票的行程在网上不自动变化，以至于到后来我自己都搞不清楚各个航班的时间了，只知道整个行程可以衔接得起。我也不断地预约座位（航空公司说，航班每变化一次，我原来预约的座位就被取消，所以又得重新预约）。不预约座位的话，我担心两个事情：一是航空公司对机票进行超售，到时候有无法登机的风险；二是大人跟小孩的座位分开，娃儿不乐意。

广州机场很大，经常性地发生航班延误，我们 4 日当晚就要飞到胡志明市，我特别提醒了 4 日从重庆飞广州的行程一定要留足时间，避免第一航段延误了，赶不上飞越南的飞机，那就悲催得很了。

我还没有预计到，广州又给我开了个国际玩笑。3 月底，暴雨雷电等强对流天气影响华南地区，广州启动了今年首次航班大面积延误黄色预警，并一度启用最高级别的红色预警。广州白云机场 3 月 31 日上午 8:35 左右一度没有航班起降。3 月 30 日当天南航取消了 258 个航班，84 个航班备降临近机场，5 个航班返航。然而雷暴天气仍在持续……

 9. 九人六箱五包四袋，在中国重庆江北国际机场集结了。

4 月 4 日上午 11 点，H1H2H3 三三得九、六大三小、八女一男、九人六箱五包四袋，在中国重庆江北国际机场集结了。六个拉杆箱，还有四个旅行袋或背包，五名女士随身的背包或挎包。蒙蒙和梦梦，甚是兴奋。馨馨妹，略蔫，因为她是刚刚拔下针头赶来机场的。

馨馨妹向来壮实，胖胖嘟嘟，白白肥肥，胃口上佳，加之发型，极像哪吒（图 1.4），是我这次才发现的。实际上，在两天前，馨馨妹（3岁多）也是稍有点感冒。馨馨妈（也就是前文说的黄娣）为了保险起见，还专门带到儿童医院去开了不少药，打算且行且吃药。没想到，感冒加重，咳嗽、发烧，在4月3日到儿童医院去输液。输完当晚也不见效，其病况呈上升态势。梦梦（5岁多）的咳嗽呈下降态势（B计划、C计划基本都不必用了）。4月4日一早，馨馨婆婆妈妈再次带她到儿童医院输液，的的确确是拔下针头就直奔了机场，忧心忡忡。

图 1.4

10. 我打了个电话给航空公司，对方说免费托运的行李单件不超过20公斤。

说到且行且吃药，谁也没有我带的药多。在整个旅途中，我几乎成了“药王”。因为梦梦本身就在感冒，医生开了一些药，例如说儿童医院的法宝“黄棕合剂”之类。我还为之补充了一系列与本病无关的药，比如说调节肠胃的、退烧的、消炎的。不但抓娃娃的健康，也重视大人的健康，带了大人的消炎药、感冒药、止泻药，尤其是带了国药法宝“藿香正气液”！希望此药能在关键时刻发挥重要作用。还带了一系列外用药以及创可贴。在上车去机场前，我还不放心，硬是到药房去秒购了一瓶美林。还有你更想不到的，我还带了咽炎片和玄麦柑橘冲剂。林林总总，不下二十种药，由于其中有一些是液体的，我干脆全部放进药箱，再把药箱放进拉杆箱。事实证明，有备而无患。

我一直强调，该买的东西要买齐，所有的行李要预装。我们原本以为，有两个普通大小的拉杆箱就足以。结果，我夫人在最后一次预装时发现，装下一切非常吃力。于是 4 月 3 日她火速购买了一个超大的行李箱。我惊奇地发现，我们所有的行李都能装到这个箱子里。我打了个电话给航空公司，对方说免费托运的行李，单件不超过 20 公斤。我说，我们三个人就这么一个箱子，人均才几公斤而已。航空公司说，要按单件算。我把箱子一称重，超重很多。只得又换成一大一小两个拉杆箱。

为了游览方便，我们特意买了一个双肩包。买回家之后，看到家里面还有两个崭新的、从未使用过的除了颜色和牌子之外几乎一模一样的双肩包。我夫人特意买了一个随身背的挎包，很是方便。超大拉杆箱，并不是我们这次购买的最后一个箱包。由于种种原因，我们在越南，继续购买。比如，越南芽庄到胡志明市的航班，莎导说是比基尼航班，只购买了 15 公斤的行李重量，且仅限1件，这么多东西不知道怎么弄上飞机，于是……后文再说，免得乱了顺序。

4月3日中午午饭时间，我又飞速地光顾了4个百货商场和超市，补买了一些东西。比如说，“老干妈”怎么可以不备呢？

11. 去程2小时，回程4小时，地球自转的速度是每小时多少公里？

早上上班的时候，看到路上有一台还未上牌的新车，“熊大”在驾驶位掌握转向盘，“熊二”在车屁股后面费力地推，汽车缓慢向前移动。我推测是刚提新车，毫无战斗经验，不知道看油表，在兴高采烈开回家的路途中，彻底没油了，只好自动变手动，机动车变人力车。好在前方几百米就有一个加油站。就在我们单位大门口，学府大道设了个红绿灯。人力车刚好推至停车线时，红灯亮。“熊二”就停歇下来。“熊大”问：为什么停下来？趁现在没车，赶紧推啊，马上就到加油站了。“熊二”说：我不得歇口气吗？

令人忍俊不禁，这让我想起了4月13日在广东顺德长鹿，汽车燃油殆尽，我耗尽最后一滴汽油，把车子停在了加油站加油枪旁边，甚为惊险。否则，娃儿都要下来推车，岂不是继“熊大”“熊二”之后成了“熊孩子”？

广州飞胡志明市，是20:00 ~ 22:00。我们购买的是往返票，胡志明市飞广州，是08:00 ~ 12:00。我算来算去，发现地球自转能有这么快吗？从广州到胡志明市直飞航线的飞行距离大约是 1500 公里，去程 2 小时，回程 4 小时，地球自转的速度是每小时多少公里？请小学生朋友在参加奥数比赛之前先算一算这道题。

后来才明白，飞机给的时间，都是当地时间。问我航程有多远？广州到胡志明市，3 小时。实际飞行时间是 2 小时多。由于胡志明市时间与北京时间之间相差了 1 个小时，所以出现了上述出入。看来出国的战斗经验，我需要不断地积累。英语水平也亟待提高，这次我出去，使用英语最多的时候是一字禅：“NO！”

12. 出手大方的如来佛祖，向人间随手撒了两口袋米，一袋是黄金，一袋是白银。

我们搭乘的是南航，航程又不到 3 小时，感觉跟在国内飞行没有什么区别，照旧该吃的吃、该喝的喝、该睡的睡，原来出国就是这么简单，完全不存在“翻墙”的吃力感。

眼看着就要到达胡志明市了，窗外仍然是一片漆黑，地下没有什么亮光。我想，一个落后我国 20 年的国家，大概也就是这样，晚上十点来钟，家家户户都已经熄灯上床睡觉了吧。心中不禁有些失落，想在异国他乡喝一台夜啤酒估计是不可能了吧。

心情伴随着飞行高度正持续下降时，眼前突然亮了起来。先是一片密密的灯火，然后是一大片，更大一片，更大更大的一片……放眼望去，灯火密布，又似没有边际，向四面八方摊铺出去。这些灯火，好像并没有什么高度，但有着超乎想象的广度——在我国城市，即便是平原地区，仍然可以感觉到城市建筑的高度。

总体上，地面的灯光分作两种色彩，金黄色和银白色，闪闪发光，照亮着天空，就像是出手大方的如来佛祖，向人间随手撒了两口袋米，一袋是黄金，一袋是白银。看来，胡志明市遍地是黄金，人们应该都还没有睡觉:都忙于捡钱了，哪有时间睡觉哦?

好想上个图！可惜，没拍。

13. 街上甚是热闹，汽车还没有侵占整个城市，摩托车极多，穿梭不停。

下了飞机,就感受到了当地气温,相当于夏天。行李出得很快,我们到达行李盘的时候，就出来了。莎导安排的人，正在出口处迎接我们。

没有想象中理所当然的机场路或者高速公路，汽车从机场一出来,就已经呈现出城市的状态。我一般到任何城市都要询问“机场到市区有多远”，这个常规问题。因为所见即所得，以及语言不通的原因，我就将问题吞回肚子里去了。

街上甚是热闹，汽车还没有侵占整个城市，摩托车极多，穿梭不停。看上去混乱，实际各自通行顺畅，速度不低。在国内，无数城市已经被机动车控制了，汽车占用的，不仅是城市道路空间，还包括了人行道、屋檐下、小区内，让人窒息。人类在行驶着的或者停放着的汽车的夹缝中生存。堵车，自然是无法避免的。

在我看来，只要我不开车，车堵在路上，还没有堵在我的心里。但汽车一旦堆砌在了生活的各个空间，人就如同生活在一个大的废铁垃圾站里。如果社会的繁荣，经济的发展，就是带给人们这样的生活，那还不如回到 20 年前。

眼见到的越南，并不是落后国家。

14. 范五老街，本以为是一条名叫范五的老街，前面的两条老街自然应该叫作张三老街和李四老街了。

根据前面写的行程安排，我们在胡志明市住在了范五老街。这里人口密集，餐馆众多，游人出没，啤酒炸鸡大大的有，咖啡音乐大大的有，且近海。百度上还写着这里有很多的廉价商品店。望着街上来来往往的欧美人，我暗想他们在享受生活的过程中也是相当地斤斤计较吧。在这里游荡的欧美人白皮肤的居多、年轻的居多、女性居多。我觉得他们有两大癖好：一是喜欢热闹，二是喜欢安宁。凡是能突出上述特征的地方，欧美人就多。

范五老街，本以为是一条名叫范五的老街，前面的两条老街自然应该叫作张三老街和李四老街了。其实不太对，不管这条街老与不老，范五老三个字其实是一个人的名字，就如同张果老似的。说范五老是越南古代的一个民族英雄，所以命名了这么一条街来纪念。

大家在前台忙着办理入住手续的时候，我溜到隔壁的便利店，我想学习一下如何使用货币购买货品。我在店里转来转去，除了一见面就认识的东西比如可口可乐之外，好多东西我不认识，就拿了一盒口香糖，正犹豫着如何买单，一个白皮肤欧美人站在离我两三尺的距离，手持商品，巴巴地望着我。我突然发现自己莫名其妙地刚好站在收银台的面前，站了那么久，一直在研究口香糖，他就那么一直在默默地等待。我赶紧让出位置，为此，人家还感谢了我。

事实证明，我皮包里面的人民币和美元，都不能使用。我沮丧地扔下口香糖，走了。

15. 越南的母鸡太勤快了，生蛋生得都滥市了 。

“次日”一早，我们就下到所住酒店楼下的大厅吃早餐。所谓次日，也就是 4 月 5 日，太好了，写了 15 个章节，我终于写到了越南之行的第一天啦！庆祝。

这个酒店完全是私人旅社，麻雀虽小，五脏俱全，还提供免费早餐呢。门面略小，1 层临街，包含了前台和早餐厅。共计 5 楼，电梯，可容纳两大一小三个人加一两个拉杆箱。我们昨晚是一家人、一家人地鱼贯而上的。我侦察过，也有楼梯，楼梯面积基本上被电梯所占据，存着极大的消防隐患。

但明显的好处在于很安全！如果劫匪通过电梯上来，在外面把电梯的电给断了，就瓮中捉鳖了。如果劫匪通过楼梯上来，我 174cm 身高加 60kg 体重的人尚需侧身艰难通过，劫匪是很难通过的，即便说人肉具有弹性，挤一挤也勉强能上来，但挤得浑身赘肉快要散架、需要大口喘气的劫匪，对我不构成威胁。至少我还手握着给孩子冲奶粉用的勺子吧，也算是金属类武器了。

吃早餐的时候，才留意到一个长得黑乎乎、穿得黑乎乎的年轻人在那里候着，原来这就是莎导请来的胡志明市半日游的导游。早餐提供的食品有限，不对我的胃口。我倒是发现越南的鸡蛋好像不要钱，煎鸡蛋是一煎两枚，正在吃的时候，鸡蛋面又端了上来，鸡蛋面里面的鸡蛋，也是两枚。平日里不吃鸡蛋的我，活生生地吃下了四个鸡蛋。越南的母鸡太勤快了，生蛋生得都滥市了。

 16. 我当时觉得自己很机智，还特自满地笑了笑。

吃罢早餐，越南导游小徐帮我们叫了两部出租车。越南的出租车正在走上一条正规化的道路，比如他帮我们喊的，就是27272727公司的。大概是这个公司的热线电话吧。出租车都很新，有轿车类的，但很多是MPV类的，我们在整个越南用的车，基本上都以这种为主。我上网查了一下，发现了出租车很新的真相。“2011年丰田汽车在越南召回8000多辆七座伊诺华”。我们坐的车子就是这种车型。再根据这一条新闻，出租车之所以很新，是因为也就刚用了三年左右而已。对于我们这种人多力量小、行李特别多的游客来说，这种车，让我们坐得舒服，也让我们的行李“坐得舒服”。好好好！

两车一前一后，前往总统府。莎导及徐导坐的是前车，我们一群不懂英语、事前也没有做任何功课的无知妇孺坐的是后车。后车先到。我看计价器显示50。到达目的地后，驾驶员跟国内大不一样，都是要协助乘客下车的，等乘客都安全落地，在一旁候着车费。越南盾是由我夫人管，面对一堆数字和不同花色的货币，我夫人不知道该支付多少钱。我对大家说，不要着急，基本的诚信应该还是有的，就把钞票摊开，让驾驶员自己拿。我当时觉得自己很机智，还特地自满地笑了笑。于是，驾驶员从中抽取了一张面额为50万的钞票，然后驾车走了。留下我们在原地，拼命地心算这相当于人民币多少钱。算出基本结论后，我们感觉有点贵。其时，车已经消失在茫茫的王麻子老街。

徐莎二导乘坐的出租车，支付了5万越南盾。

原来我们从小到大都被我国的四位进制所固化。从个位开始，满了4位就是万。从万开始，满了4位就是亿。我们不说50千，也不说我们中国拥有140百万人口。但是有些国家就要说“千”(thousand)，不说“万”，而是说“百万”(million)。怪不得学英语的时候，thousand和million两个单词都是我的死敌。同样，由于越南盾面额相当的大，平时生活中，“百”基本上都没啥用了，所以他们很机智地用了一个小圆点把后面三位数给省了。在这台出租车计价表上，也有个说明，说是把后面的三个0给省略了。那么，换句话说，在越南提到金额的时候，都是以“千”为单位的，至少没有以“万”为单位的。那么，计价器显示为50，就绝不是50万了，是50千。——我推断，吃这种亏的人，可能都是勤劳勇敢的中国人民。

把50万来晒一下，见图1.5。

图 1.5

 17. 总统夫人应该是一个爱好颇多的人。

越南人小徐，如果从爷爷的爷爷那辈来计算，也是华人。会汉语，不会韩语。会粤语，不会越语。逐渐往下传，渐渐是几种文化兼有。到了小徐这代人，他说小孩当中像他这样会汉语的人已经不多见了。跟小徐交流，基本上没有障碍。他说，他作为一个越南人，一定不能忘了社会主义祖国，也一定不能忘了社会主义中国，华裔嘛。摒弃了汉语，就相当于自断一臂。

统一宫、总统府、红教堂、中央邮局、市政厅、大剧院。这些我都不想写。天气太炎热，一时间尚未适应，整个上午都很焦躁。而且这些东西，跟国内的很多历史文化建筑相比，太也小巫见大巫了。至于总统吃中餐的时候在中餐厅，吃西餐的时候在西餐厅，我也没觉得有什么特别。他的中餐厅里的那张餐桌，规模也就我家那个圆桌那么大。专门有一层留给总统夫人搞活动的，比如酒会，还比如麻将。由此可见，总统夫人可能是一个爱好颇多的人。

看到总统夫人麻将室里，桌子上还刚好有一副麻将处在工作状态，只不过打牌的人早已回到星星上去了。越南的麻将看来也是有妖姬的，只不过我发现四家可能都要遭查叫，因为 4 家的牌不仅没有打缺一门，还全部都打成了相公，少的牌还不止一张两张。再认真一看没有动过的牌，麻将的总数也少了好多，估计是从中国运到越南的途中，遗落了一部分到海里，被鲨鱼搬去修长城了。

让人眼前一亮的，倒是街头的励志广告（图 1.6）。也就是我们几乎绝迹了的版画式宣传画。我们国内现在一般都是用横幅式标语，街上我没看到这样那样的横幅，突然看到这种宣传画，感觉到好怀旧。

图 1.6

18. 筷子掉了，让服务员再拿一双来；筷子结果又掉了，又让服务员再拿一双来。

50 万不是一个小数目。总统府的门票才值人民币一两块钱，你就骗了我 50 万越南盾。更重要的是，那是我们整个越南七日行程中，唯一的污点。更重要更重要的是，我的精神支柱垮了，我还天真地以为“诚信”二字已经覆盖了全世界呢。现实是残酷的，27272727 的那位员工，难道说你这么做是去还房子的月供吗？应该不是，因为小徐说，在越南，买大件资产的时候，是不用越南盾的，比如买车，要用美元。而买房，需要用黄金。我想，越南的房地产肯定不发达，普通人家哪儿来那么多的黄金？

愉快的观光终于被我熬到了临近午饭时刻。当小徐招来两台 38383838 出租车时，我精神为之一振。在胡志明市，看到最多的出租车，一个就是 27，一个就是 38。27 好像是白皮车，38 好像是绿皮车。可能其他的都算是小出租车公司的，再剩余的就是黑出租车了，号称“野的”。

我们就一路“38”到了 Nha hang ngon（图 1.7）。这一串字符你们肯定不认识，我也不认识，我只认识一串烤肉。据说这个哈韩根，并不是吃韩国烤肉的，是以越南料理为主。小徐也说了，这个地方相当好，相当出名，外地游客必吃，本地人也喜欢。这岂不是名气大噪的重庆小天鹅？

图 1.7

有小徐在，点菜工作变得如此之轻松。他跟莎导商量着办。我们则在旁边:进出卫生间;带娃儿洗手;翻出包包里的“老干妈”;恐吓娃儿不要到处乱跑；筷子掉了，喊服务员再拿一双来；筷子结果又掉了，又喊服务员再拿一双来……四方桌，宽板凳，加上店内的装修风格，家具摆设，亭台楼阁，花鸟虫鱼，很有点中国风。其实，是越南风。

19. 路边叫卖甘蔗水的摊主，在榨汁机旁边也挂了个无线路由器……密码是：ganzhe。

好大一桌菜！在这张“面积”堪比总统府中餐桌的桌子上，

满满地摆放着各式越南菜，几乎让“老干妈”都无立锥之地，“菜均”面积相当紧张，容积率高。其实要说心里话，越南菜也就是看着新奇点儿，其色香味根本不是我喜欢的，更难说有什么食欲了。我看桌边大大小小娘子军们都兴趣盎然，也就不便打扰，扮作一副惊喜状。她们吃着吃着突然想起微信需要素材，朋友圈需要照片，纷纷拿出手机、打开相机、关掉闪光灯，对着菜品拍摄了一通。

无论你去哪儿了，不发微信，都等于哪儿也没去。机票、车票、住宿票的最终价值，在于有朋友圈。

因为我不使用微信，起初没有朋友圈。后来无奈眼下的趋势，用了微信，结果朋友圈里没人。发照片发得手软，也就我夫人赞一个：好美。但我拍照片的时候，她就在身边，一尺之内，甚至是眼睁睁看着我拍的。

后来，H2H3 也在我的朋友圈了。我发的照片才起码体现了更高的价值——至少我在拍这些照片的时候，H2H3 不在我旁边。

因为微信的原因，WIFI 就显得十分重要了。无论你去哪儿了，拍了照片，发不出来，也等于哪儿也没去。我们很欣慰地发现，落后中国 20 年的越南，处处有 WIFI。路边叫卖甘蔗水的摊主，在榨汁机旁边也挂了个无线路由器……密码是：ganzhe。

吃得差不多的时候，莎导等人还一一评点了各色菜品，比如哪些是最好吃的。剩了不少。她们对导游小徐说，在我们国家，反对铺张浪费，在餐馆吃饭，现在都自觉地执行光盘行动，要把碟子里的菜都吃了。然后，一众目光就看得小徐不太自然起来，小徐也不管你是 U 盘还是光盘，顺接道：就是要这样才好，不要浪费。举起筷子赶紧吃，边吃边说：不要浪费，吃吃吃。

买单了。560 元人民币，人均 56 元。

20. 如果李琦来坐一下，就能表达出每天工作 18 小时、每周工作 7 天的样子。

不要对越南菜失望。我觉得越南菜还是不错的。正所谓平生不见陈近南，便称英雄也枉然。所以你到了胡志明市，去那家名字叫作 Nha hang ngon 的越南餐厅,还是很重要。说不定你喜欢呢。我在那家餐厅是吃下去不少“老干妈”的。大家一致感觉到不适应的，主要是越南吃蔬菜的方式。生的。也不知道他们洗不洗，反正是生的。安姓同事可能喜欢，他喜欢用生的生菜包着烤肉来吃。那家越南餐厅有烤肉，也有生的菜，各种生。对了，其中有一种叶子，涩涩的感觉，口感很不好，但无论走到哪里，都会有这个菜。相当于贵州的折耳根。我开头也不打算吃的，到了后来的几天，我一个人可以吃完一盘，并把我夫人不吃的那盘也吃了。我不是当菜吃的，是当药来吃的。我认为越南人民吃那个菜，肯定是因为该菜清热、解毒、杀菌、提神、醒脑。后来莎导声音沙哑了，估计就是没吃那个菜。而我，整个七天咽炎没有发作，就是因为吃了那个菜。最后，我把为自己准备的咽炎片，给了莎导吃。

当时的天气，我们在重庆还可以穿毛衣。至少也是穿薄外套。在胡志明市，只能穿短裤和短袖。晒得人……抽出一张 50 万的越南盾来遮遮脸，免得被晒黑了。小徐跟我边走边聊天。我问他，我们短袖短裤都很热，你穿长袖还带外套，你不热啊？他说，越南人民的皮肤很好的，你注意观察一下就会发现，越南人很白的。我看了看他黝黑的皮肤，附和道：哦，我没来之前还以为你们都很黑。小徐说，黑的是印度人。小徐又说，正因为我们的皮肤好，也就比较脆弱，我是不能晒太阳的，一晒，皮肤就会起斑，那是被晒坏了。我问，你的皮肤是几岁时晒坏的？

其实，在我们游览的区域里面，是有开敞式的城市公园，有参天直立的大树，有花花草草。一旦乱扔东西，就有可能砸到花花草草。头上的太阳的确很猛烈，但走到了树荫下面，就能感受到“凉风日潇洒，幽客时憩泊”了。人们在干净的椅子上休闲聊天，也有人索性就坐在地上，看上去像是每天工作 6 小时、每周工作 4 天的样子。我不禁也席地而坐，坐下去的我，看上去仍然像每天工作 8 小时、每周工作 5 天的样子。如果李琦来坐一下，就能表达出每天工作 18 小时、每周工作 7 天的样子。小徐介绍说，我们看到的那些屹立在街边的大树，是红木。我们大吃一惊，肃然起敬。小徐说，主要就是中国人喜欢，其实在越南并没有那么珍稀和昂贵。我说，那就继续保持，保持让中国人一直喜欢下去，可以持续升值。你看我们用的汽油持续提价，也没影响它的销量，大家开着车子在路上跑得多欢快，跑慢了的还要被别人闪灯、按喇叭甚至追尾。

我们来到 Fanny Ice Cream 雪糕店里，享受着空调，自然就比红木树荫下更为凉爽。这意味着我们胡志明市大半日游进入了垃圾时间。莎导在国内订购越南导游的时候，除了给旅行公司的费用外，还说明了要给导游 10 美元小费。结果小徐坚持原则，要收每人 3 美元小费，合计 27 美元。莎导进一步电话联系。不知道打了多少美元的国际漫游，还没能问到情况。最终大家还是支付了小徐 27 美元小费。几天之后，对方核清了情况，退回多余的美元。退回的又冲抵其他旅游项目费用。这个情况，我在后面的四岛游还要补记一下。

居然又找不出图来。看来红木在我眼里也就是尔尔……

 21. 柯达尽管破产了，我们还可以用三星来留住美好瞬间。

事物是在不断变化的。看似我无图，实际我有 800 张图。此行，我手机拍照拍了 800 张。除 790 张焦距不清之外，仍有“大量”的照片质量还是很高的。在胡志明市，由于受到高温的煎熬、由于受到狭小旅社的煎熬、由于受到 50 万诈骗案的煎熬、由于受到堂堂总统夫人打麻将都下不起叫的煎熬，我都懒得拍照。

结果，“照片”到用时方恨少。

幸亏，从大叻开始，我成为一名真正的拍客。拍得差点误了机。柯达尽管破产了，我们还可以用三星来留住美好瞬间。

胡志明市到大叻，公路里程 300 公里。飞机航线多少公里不详。我觉得应该寄一本《公路交通技术》给越南的交通运输部。为什么越南 300 公里的公路，要开八个小时。无论路上的汽车有多么罕见，越南驾驶员总以四五十公里 / 小时的速度前行，如果他知道我们赣粤收费站逮住的那位 200 迈（1 迈 = 1.6km/h）驾驶员的英勇事迹后，是不是会主动选择改行开飞机呢？

飞机就快很多了。我们在飞机上坐好，关闭舱门后，没有经过“我们正在等候航空管制通知”的耐久性试验，就直接从跑道起飞了。飞机爬升速度是很快的，倾斜度是很猛的。我打算再领略一下胡志明市“满地金银”的壮观景象后，享用飞机上的盒饭，吃饱了之后可以睡一觉，恢复一下体力。结果从走道末尾快速走出两位空中服务员，每人手拖一箱矿泉水，十分艰难地沿着倾斜度很高的通道前进，并飞快地递给各个乘客每人一瓶矿泉水。发完后，就听广播响了，然后飞机就开始下降……我还啥也没干啊。起飞到降落，半个小时。

飞机的飞行，不是应该先升后平最后降的么？应该是二声、一声和四声吧。这段航程居然是二声都还没收音的时候直接到了四声，相当于倒着写的三声。梯形变成三角形了。航程太短也。比我上次从重庆飞贵阳都还精简。

说到梯形和三角形。幼儿园的几位小朋友在做游戏。一人提问：你们猜，我妈妈的脑袋是三角形的还是圆形的？有的小朋友回答圆形的，有的小朋友回答三角形的，还有小朋友煞费脑筋地回答说“也有可能是梯形的”。提问的小朋友最后还是公布了答案，说：是圆形的！答对了的给个小星星，没答对的不给。

没吃晚餐。飞机上没有盒饭。我期待着在大叻首日的豪华夜宵……

22. 大叻据说是山区，天早就黑了，奔驰在静悄悄的山路中间静悄悄地奔驰。

很快你们会被我的图片所淹没。

莎导预约大叻的那家酒店，派来了一个超级无敌奔驰斯宾特19座车来机场接我们。从机场到大叻，车程40多分钟，且车速较快。价值几何？大约一百多块人民币。

当时的大叻下着雨。气温比胡志明市凉快了许多。据说大叻是山区，天早就黑了，奔驰在静悄悄的山路中间静悄悄地奔驰。由于特别宽大，每个小孩都能像在自己的小床上一般躺直了睡觉。汽车的舒适性很好，连我都快睡着了。哦，车厢内的确传来了鼾声。据说也有我发出来的。

不知多久，汽车进入市区，豁然开朗。漂亮的各色灯光、各色建筑，让人感觉到愉快。我坐在副驾驶位（副驾驶位其实可以坐两人），是拍照最好的位置。摸出手机四下乱拍。结果发现画面是浑浊的。

汽车跨过了一座桥，穿越了几条街，爬了一个坡，到了。这就是号称独特魅力、神秘华裔、别墅加老爷车的神奇酒店！雨还没有停止，画面呈现出一幅刚洗过的样子，也有可能是我的镜头进水了（图1.8）。

图 1.8

 23. 人生际遇就像酒，有的苦，有的烈。

被大雨洗礼过的大叻，颇具魅力（图 1.9）。其实跟洗不洗也没什么关系。就像何军，三天不洗脸，也不能掩盖他一尘不染的超凡气质。在胡志明市，导游小徐也说过，越南以前是法国殖民地，胡志明市等地方是很酷热的，大叻相对凉爽，于是法国人就把它打造成了他们的避暑胜地。相当于是承德避暑山庄什么的。一直到现在，大叻给人的印象，总是带有一些欧洲风情、休闲度假之感。在现在看来，各色游客（也包括我们这一色的游客）在大叻悠闲自得地喝着咖啡，骑着自行车，大概就是所谓的慢生活吧，积极而健康。说到此，不知怎么的就突然想到了电影《极速蜗牛》。在大叻，我给小孩们讲了 100 个童话故事。

图 1.9

Saphir Dalat Hotel，苏发酒店是座别墅改造出来的酒店（图 1.10），为一个华人所拥有。有去过者说，那是一座小的城堡。对，我也感觉有点像。按照音译，是苏发大叻酒店；但我觉得要抓住事物的特质，应该叫作老爷车酒店。这酒店，让我惊喜和喜爱。昨天住的地方，除了在防恐方面有点特色之外，其余的简直不堪回首。一念地狱，一念天堂，人生际遇就像酒，有的苦，有的烈，如果你们也按我的路线图去走一下，这样的滋味你早晚要体会……酒店地面二层，地下三层，包括了客房、餐厅、CAFE、健身室、地下车库等。

上左：酒店登记处
上中：酒店其中一栋
上右：我们住的那栋通道
下图：酒店的咖啡酒吧

图 1.10

酒店餐厅　酒店餐厅的灯　酒店电梯

消防设施　走廊通道　抽水马桶

图 1.10

24. 放下蚊帐，刚好整齐地遮住这张总计宽度超过3米的超级大床，像一间小屋似的。

个人不喜欢发太多的图。但实际上所谓游记，没有大量的图，又无法反映情况。所以上一节我把拍摄的一些照片拼合了一下，免得图片太多导致把我写的文字内容冲击得相互失联。苏发酒店，网上不少好评，爱好旅行的男男女女拍了不少比我强千万倍的照片，你们可以去找找。

出发的时候，看到箱箱包包一大堆，暗想作为本团唯一男性，搬搬抬抬这种事情可能少不了。实际上，我早就解脱了。不论是坐出租车、坐包车、到餐馆、到酒店，驾驶员、服务员等十分殷勤，在有力气活的时候总是把我晾到一旁。我则不务正业地拥有了看景、拍照、写生的宽裕时间。

夜晚的美景，也就是昙花一现。空腹的我们，需要来点儿啤酒和炸鸡。开好房间，放好行李，听说酒店正在供应夜宵，而且还是免费的。一行9人浩浩荡荡地乘坐酒店古老的电梯，下沉到餐厅。和酒店本身一样，餐厅很有特色，貌似进入了一个庄园的地窖——可能本身以前也就是地窖。在地窖中，前人藏有经典的美酒和生活垃圾。在今天看来，藏有手艺非凡的厨娘和古法兰西的幻影。夜宵品种不多，有一些不知道名字的菜，主食则是粥。我心里哇凉哇凉的，在我饥饿的时候，最不想吃的就是粥。即便有点儿夹生的干饭也好啊，就着“老干妈”，可以吃得痛快淋漓。

不过粥这玩意儿，对小朋友还是有好处。尤其是对于两个咳来咳去的“小咳人”。我喝了两三碗粥，也不打算再吃了，再吃五碗也觉得饿。

房间非常宽大，我们终于能够完全打开我们的行李箱，还可以把东西到处乱扔乱放。两个1米5的床拼接在一起，与在胡志明市那个房间我们一家三口横排挤在一张1米1宽的床上睡觉相比，显得那么辽阔。天花板4根拉索（不是重庆万桥索缆出品的），垂吊下来拉住一个四边形木头框架，巨大的蚊帐就悬挂在框架上。放下蚊帐，刚好整齐地遮住这张总计宽度超过3米的超级大床，像一间小屋似的。这让我想起了小时候睡的老式床，只不过面前这个少了四周4根支柱而已。梦梦也很兴奋地跳到床上，天宽地广，自由自在。

我闲庭信步到卫生间，除了大之外，我新奇地发现抽水马桶的水箱竟然是那么高，距离地面起码得有两三米，“飞流直下三千尺”，爽快！

服务员送了几杯豆浆到房间来。我在收拾东西的时候，居然发现墙上有一只壁虎迅速爬过。房间还真是生机勃勃啊！看到孔武有力的壁虎，我感觉再不吃点儿什么，好像就挨不到天亮。于是兴致勃勃、抛妻弃女地离开房间，打算到外面去买一包方便面。出来才看到酒店附近都静悄悄的，要到热闹点儿的地方，得经过一条偏僻的小路，势单力薄，有点儿畏惧。我返身去找前台人员，前台人员很是客气和礼貌，只是听不懂汉语。算了，我又饿着肚子回房了。梦梦已经歪着屁股睡着了。

多掌握一门外语，对酒店业的服务员来说，是多么的重要啊！

25. 边吃我边想，是不是越南的鸡一直都是下“双胞胎”鸡蛋的哦？

转眼就到了4月6日早晨。不给出这个时间节点，你们肯定以为时间已经过了很久了吧？其实，我也是这个感觉。苏发酒店的早餐不错，食物十分丰富。我早就说了，这个地窖里面，暗藏了一位手艺非凡的厨娘。总共3～4位厨师兼服务员，我也不知道高手厨娘究竟具体是哪一位，只能确定其中一位肯定不是。因为那是个男青年。

食品放在一个U形台面上，U形台的左右二腿，分别摆放着十几种食品，比如面包、沙拉以及各种看不懂的食物。横向是米线、煎鸡蛋和粥。米线本身很一般，独特的是汤料，里面包罗万象，比如番茄、鸡蛋、肉丸，一看就营养丰富。厨师也舍得下料，不会清汤寡水地给我来一勺，而是汪汪实实。煎鸡蛋照例是两个鸡蛋才算一个鸡蛋，标配。边吃我边想，是不是越南的鸡一直都是下“双胞胎”鸡蛋的哦？

就餐习惯好像跟国别还有点儿关系，吃个早餐就让我发现了。在我们桌子上，横七竖八堆了一堆盘子和碗，用过和没用过的餐巾纸，更增加了桌面的凌乱。隔壁桌子坐着两个日本人，大概总共吃了4～5个碗碟，吃毕后，将其叠罗汉一般重叠在一起，桌上未见餐巾纸。隔壁的隔壁，是两个欧美人，一人一个大盘，无碗，一人一杯饮料。既然无碗，说明没有吃米线。

我们每人都吃了 2 碗米线，包括儿童。我还想吃第三、第四碗，碍于面子，算了，吃点儿扬州炒饭充数。

待我们要出发时，照旧已经有车在外等着我们了。这是我们的包车，莎导在国内就已经策划好的。太牛了。

出发前，我紧急拍摄了一组酒店的老爷车（图 1.11）。莎导拍得更好，可惜没把她的照片拷贝过来。网上还有一些游客拍的，效果不错。

图 1.11

26. 如果事情真的发展到必须借助这种集体肢体语言的话，三个小朋友是最大的受益者。

这天我们要游览的地方，需要坐火车（图 1.12）。而大叻火车站是法国人建造的，现在看来，就是一个古董。坐在车上，跟驾驶员说英语。驾驶员茫然。小徐说过，你们这种自助游，在胡志明市还行，到了大叻可能就有点困难哦，好多人都不会说英语。我们果真遇上一个。不知道他会不会法语。黄娣充分发挥了她的说学逗唱的才艺，跟驾驶员说，我们要去“呜呜呜”这个地方。驾驶员继续茫然。

图 1.12

我对黄娣说，你不能这么表达火车站。呜呜呜是没错，呜完之后呢？关键在于后面。我指出，应该说“呜——轰！轰轰轰……”我刚说到这儿，驾驶员恍然大悟，OK 了。

其实，我低估驾驶员的能力了。其实我还备有后手的。我当时假想，他要是还不懂的话，我们几个就跳下车来，排列成火车的样子，跑两圈，这如果都还不懂，就是弱智儿童了。如果事情真的发展到必须借助这种集体肢体语言的话，三个小朋友是最大的受益者，她们必定很喜欢那样去做。那是一个儿童认为很有趣的游戏。

没几分钟，到站。这个最初由法国人修建的火车站，采用橘红色和黄色的搭配，三个尖尖的屋顶竖立正中，配上彩纹雕窗，无不展现着异域情怀。火车站内至今保留着几节复古车厢和蒸汽火车头供游客参观和拍照，这里是当地人拍摄婚纱不会错过的地方之一，被誉为越南最美的火车站。呵呵，整建制的引用了一下。我们在火车站，就看到了好几组来拍婚纱或者艺术照的越南青年男女。游客们也跟他们一样，他们也跟游客们一样。

27. 既然一路下坡，它该怎么回来呢？风一样的女子，谜一样的火车。

对待朋友，不真诚不行。

对待游记，不认真不行。

对待旅游，不认路不行。

一切自有安排。我参与了一场根本不知道具体内容的旅行（我要不是这几天写游记，还真没有看过莎导事先早就安排好的每日活动内容），不去认路，好像也行了。我们坐在大叻火车站的火车上时，除了莎导外，不知道要去哪儿。当时梦梦还问我，爸爸，我们去哪儿呀？我只能回答，要么看大树，要么看日出，总之不是去看小星星。

没有人去关心火车究竟是什么时候开。反正我们都买了票的。有在火车站内四处拍照的（图 1.13），有给娃儿喂药的，有上卫生间的，有旁观婚纱摄影的，也有到火车上坐着的。工作人员在火车启动时，也不打什么招呼，以至于火车启动的时候，我夫人还在站台上摄影。

图 1.13

火车出发了。我们正打算感受一下这种蒸汽机车，却发现列车行驶的方向貌似不太正确，迎着反方向在动，简称反动。反动的魅力在于：我们看到的火车站站房越来越近，风景越来越远。

咚！一个巨大的声音，同时伴随着一股巨大的力量，几乎让车里的人甩出火车。有这么“甩客”的吗？显然，火车是撞上什么了。车上的人，车下的人，都好奇地到处望。我也顺便跳下火车，到车头部位去观看。火车头已经撞上了火车站房外的一根横木，横木很沧桑：被撞得斑斑驳驳，大部分都是旧印子。工作人员表情正常而自然，让我明白了这本身可能就是火车启动的一种方式：撞击式。很古老，很经典嘛。没有这种方式，哪能配得上这火车和火车站呢。我认为这种撞击式启动，应该是利用撞击产生的反弹力，把火车推向远方，车辆行驶过程完全靠惯性……要么就是目的地很近，要么就是一路都下坡，到站之后再撞一下，停下来。既然一路下坡，它该怎么回来呢？风一样的女子，谜一样的火车。

由于轨道设计充分考虑了经济性，多 1 米也不修，只有火车头开到轨道的最末端的极限处，它才能够通过道岔开到车厢的最前端，从而牵引着这一列火车前进。为了不让火车头脱轨的最便宜手段，就是采用横木来撞停它。好高明。撞个十年八年，再换一根横木。反正在越南就算是红木都值不了几个钱儿。

28. 火车头撞停跑到另一端后，我们成了最后一节车厢。这为我欣赏身后的景色，提供了最佳角度。

坐在火车上，我一直都以为是在坐观光火车。现在开出去，转一圈，然后再开回来。事实上，本来也就是这样。但它的作用，仍然是交通工具，不是游乐。本来我们的车厢是紧邻火车头的第一节编组。火车头撞停后跑到另一端后，我们成了最后一节车厢。这为我欣赏身后的景色，提供了最佳角度。我惊讶地发现，身后看上去很一般的风景，随便拍个照(图 1.14)，竟然是如此美丽。天，太蓝了。

不仅仅是蓝。还应该用到空灵高远一词。要么是被净化了的，要么是本来就没遭荼毒过，让我彻底联想不起雾霾究竟是怎么回事儿。鼻炎好像都好了。

29. 不知道这次比赛，是古老的火车免取胜，还是年青的西洋龟夺冠。

沿途除了风景，就是骑摩托车的人。莎导告诉我们说，很多游客到大叻后，喜欢租用摩托车。我了解过，在越南租一辆自行车，1 天的租金是 1 美元。租摩托车我猜贵点儿，怎么说也得 10 元人民币吧。看到许多老外很拉风地骑着摩托车，跟我们的老火车竞

图 1.14

速。我不得不联想到龟兔赛跑。不知道这次比赛，是古老的火车兔取胜，还是年青的西洋龟夺冠。

30 分钟左右吧，火车停在了一个小镇车站，也就是这趟火车的终点。在此，我们可以停留半个小时。再乘火车返回。往返车费约 40 元人民币。三个小家伙免票，因为不足 120cm。身高的确是优势。从火车站购买车票，到进入站台，到踏上火车，乃至于游完之后离开，整个过程中没有任何查票检票手续。全靠自觉！

30. 车轨的终点，是一个小镇。名曰 Trai Mat。

居然有人说，大叻，是越南私藏的法国。

究竟是谁在改造谁？

车轨的终点，是一个小镇。名曰 Trai Mat。Trai Mat 具体有什么，我不知道，反正下了火车就拍照，游不游，关系不大。照了照片就是旅游过的铁证！火车上同行的旅客们，都是沿着一个方向在进发。咦？不对，莎导也远远的在前面。

Trai Mat 的灵福寺（图 1.15），让 Trai Mat 镇充满了佛教色彩和传奇色彩。注意，我主要说的是色彩。这座色彩缤纷的佛庙，建筑与雕刻极具特色和美感。院子里还有一条全是有玻璃瓶碎片镶嵌成的龙，脱鞋步入庙殿，却得分外宁静。和殿里的安静行程对比的，是院里买糖渍树莓的小摊，新鲜又地道，这种不经意的小特产店总是特别容易激起大家购物的热情。哇，又是一个整建制。

图　1.15

山门立于寺庙外大街，亲切得很，因为全中文字。有点阅历的同志该都知道所谓的山门，并不一定真正有山吧。这儿就没山。还有副对联，下联是“福田烛果菩提善信往来”。上联是“宝山大桥业主开会谁去”。福与宝对仗，田对山，烛果对大桥，菩提对业主，信对会，来对去。我拍照片时分了神，居然连上联也没拍到。

31. 一个寺庙，一个院子，一樽高塔，一尊神仙塑像，再后面……我没去。

进了那个山门，沿着一条小路走进去，两边都是村民的房子，路上我们还买过几杯甘蔗水。再里面，就是一个寺庙，一个院子，一樽高塔，一尊神仙塑像，再后面……我没去。

整体建筑风格感觉是很精细，有点儿我国古代建筑那种精细到牙齿的感觉，雕龙画凤的，不放弃任何一个细节（图 1.16）。这是现代建筑与古代建筑最大的差别。而且差得甚远。可能是现在手工很贵的。别的不说，就说我在越南买的那条牛仔短裤，我觉得贵得很。反正我觉得它贵就贵在绣了一条五色斑斓的龙在裤子上。如果现在你的房子要搞成古代那种建筑风格，那真不知道要掏多少钱。因为有的工艺可能已经失传了吧。

从门外看寺庙里面，相当的华丽，非常非常的华丽。感觉正面金佛之下，坐着一位老僧。走近了才发现，貌似是一尊蜡像？究竟是人还是蜡像，我到现在也没明白。

在我没有去的后面的后面，说是还有唐僧师徒的雕像。莎导一家跑得比孙悟空还快，去看到了。我们因为时间关系没有看到。最喜爱西游记的梦梦没有看到，遗憾得不得了，她认为这个庙是白来了一趟，早知道就不在那里等着榨甘蔗水了。

请观赏图 1.17，只有把照片的一部分截出来，才有可能看到精美的细节。谁来帮我辨认一下这老僧是真的还是假的？

图　1.16

图 1.17

32. 壁上挂了很多画，画里面有照片类的，有邮票类的，都是反映大叻火车站的火车文化。

整个上午就在佛教和火车中度过。中午我们根据部署，来到了一家名为“Dalat Tain café ”的火车餐馆。这是一家设在火车车厢内的特色餐馆（图 1.18）。小朋友们愉快地在车厢内拿着吃饭用的刀刀叉叉玩耍。车厢内的布置很精致，总共 6 张桌子，每张桌子能坐 4 人，还有个吧台。壁上挂了很多画，画里面有照片类的，有邮票类的，都是反映大叻火车站的火车文化。

图 1.18

全英文和越文菜单，没有导游的点餐任务很困难，全部交给莎导去办。我照样热衷于饭类，莎导建议我从中搜索关键词“rice”。嘿，屡试不爽，来的果然是饭。有“老干妈”傍身，只要认得“rice”，走遍天下都不饿！

饭后每人美美地喝了一大杯果汁，人均消费大约35元人民币。很满足。后来我才发现，孩子们把别人种的橘子树上的橘子都摘下来，而且糟蹋了不少。唉。

在汽车中，梦梦和蒙蒙两小孩不知怎么地突然想起了让我给她们讲故事。于是我就只好讲，龟兔赛跑的故事。讲的是，从前的从前，有一只乌龟，它的名字叫作兔子。然后两个小朋友就狂笑不已。四五岁的小孩笑点很低。然后，她们就又让着我再讲一个。我心里一笑，应付小孩还真是简单，我就这么讲了一句话，在他们看来，貌似已经是一个故事了。我突然想起，有人给大家讲笑话，另外有人讽刺他说：你长得本身就是一个笑话。然后我就继续讲另外一个故事，也是从前的从前，有一个人，走着走着，就死了。两个小朋友又狂笑不已，感觉故事很好听。然后又让再讲一个。我看这样子下去没完没了，就说不讲了。她们就很有心计地说，讲最后一个……于是，我讲了很多个“最后一个故事”。我发现，应付小孩还真是不简单！

 33. 话说这个越南末代皇帝，一口气就在大叻建了三个行宫。

大叻的天空，琢磨不透。也许是古往今来，皇帝也好，佛祖也好，法国人也好，为此地聚集了不少灵气。于是乎处处渗出神秘感。比如谜一样的火车，真假幻灭的老僧，神行的壁虎，地窖的幽灵，以及后面我们继续看到的疯狂屋子等等。所以，天空琢磨不透，也是为了配合一下大家心中的感觉。

原本晴朗的天，突然从远方袭来大片的黑云，不断往我们所在这个方向推进。馨馨婆婆妈妈正在火车餐厅外面的桌子上给馨馨灌药。我赶紧跟她们说，马上要打雷了，下雨了，赶紧收衣服上车了！说时迟那时快，我们才躲上停在路边的车里时，雨就泼下来了。

漫长而愉快的旅途中，随时有一个上知天文、下知地理的高手在身边是多么重要！

汽车开始行驶。两小无猜的儿童又想起听我讲故事了。于是从前的从前，有好大一片雨云，其实是悟空。孩子们狂笑不已……

欢乐之间，我们来到了越南末代皇帝的避暑行宫——保大三号夏宫（图 1.19）。好多年前，我们的皇帝就已经召见过越南国王。汉代时，中央正式在越南设了一个县。唐朝时，中央提拔了一下那个国王，设了个府。看来汉唐两代为我国相当争光。到了软弱的宋代，大宋皇帝一边唱着满江红，一边把越南提升为国，它就开始一直以“国”著称了。当然，在清代的时候，中央权力还是蛮大的，可以随意改别人的国号，正式开始叫“越南”。本来是叫南越的。后来几代的越南国王，老觉得国名不中听，改过来，改过去，最终也就昙花一现。嘉庆皇帝说你是越南，你怎么还搞那么多花样呢？自己给改回去！

越南跟中国的渊源如此之深厚，所以我们在越南皇帝的行宫里面，看到中国式的龙椅和“山河社稷”几个字，也就不足为奇了。

话说这个越南末代皇帝，一口气就在大叻建了三个行宫。

图 1.19

就我们参观的这个夏宫而言，说是唯一一个向游客开放的。难道说一号行宫和二号行宫里面还有末代皇帝留在行宫里价值连城的黄金宝物？就保大三而言，的确是平平无奇，房子也不大，装修也不精，家具也一般。其奢华程度，离灵福寺差了十万八千里。别墅贵在精，末代皇帝看来也就追求个数量，不讲究质量！

 34. 疯狂屋子为什么美妙，是因为它以童话般的方式，敞开了一颗纯净的心。

带着无穷的回味和遐想，我们来到了疯狂屋子（Crazy house）。不少旅游随笔都说，是在童话和现实中穿梭。“度蜜月的人和有情调的人都会喜欢这里。”我觉得，应该叫作小怪屋，这是我当时的第一感觉。然后就想到了：谢谢你光顾我的小怪屋。感觉像是这里主人对游客的一种召唤。当后来知道设计人时，我又突然感觉到是这位设计师对各国各地、凡是还怀着一颗纯真的心的游客们，在心灵上的一种俏皮、可爱的召唤。童话为什么美妙，是因为有一颗纯净的心。疯狂屋子为什么美妙，是因为它以童话般的方式，敞开了一颗纯净的心。这是我的第二感觉。所以我喜欢。

有一颗什么样的心，很重要。还是唐僧师傅说的，人是人他妈生的，妖是妖他妈生的，如果妖有一颗仁慈的心，那他就不再是妖。你们认真去想想，是不是这个道理。

以下部分，于 2014 年 4 月 22 日 21:14 分整建制地并入本游记。它们进入我的游记，使它们自己得到了质的飞跃和可持续发展。绝没有抄袭的嫌疑。

一棵巨大的榕树——这是看到“疯狂房子”的第一印象。在树洞一般的入口处，你会发现缠绕在树干上的若干只大蜘蛛（用于底部空间的遮阳）、两只长颈鹿（供小孩子攀爬的楼梯）。沿着黄色的楼梯往上，目光所及，全是不规则的线条，像是某种生物的脊背，又似随风舞动的海浪。

在不同的层级，会经过几个不同主题的房间：象征着力量的“老虎洞”运用了中国元素；“棕熊屋”充满俄国情调；“老鹰屋”运用了美国的设计风格；“蚂蚁屋”则是越南式样……

每一间房都是独一无二的。位置、朝向、高低和形状，皆找不出一间相同的，屋内的装饰、摆设、家具皆是单独设计的：“袋鼠”的眼睛是屋内的灯泡、“棕熊”的爪子是储物间的把手……这些设计无一不天然巧妙，所有游客都能轻而易举地在这里找到自己感兴趣的细节（图 1.20）。

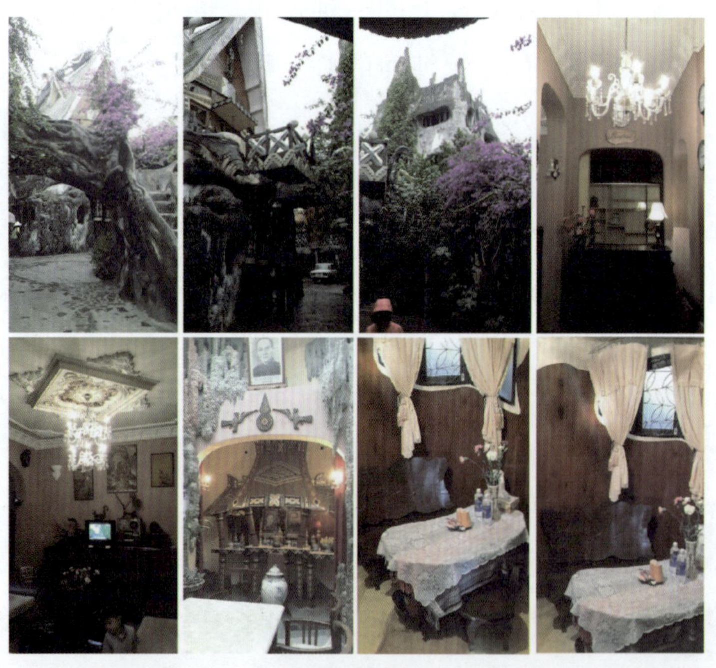

图 1.20

图　1.20

 35.“疯狂房子”的设计师 Nga 美丽又传奇。

这么重要的景点，门票才收 3 万块，人民币 10 元都不到。

疯狂屋子，并不那么鬼斧神工。奇妙就奇妙在天马行空般的构思，好像一个疯子脑袋里面想的东西。这也就是疯狂之所在。

万万没想到，它出自越南总统的女儿之手。一位真正的公主，设计建造了这个童话世界！我几乎都要鼓掌了。“疯狂房子”的设计师 Nga 是前越南共和国总统邓春区的女儿。她美丽又传奇。年轻时，她曾在中国和俄罗斯深造，在莫斯科大学取得建筑学博士学位后回到大叻。大叻有好几座 Nga 设计的建筑，其中包括有名的儿童文化宫和一座天主教堂。

背景、身份、文化不重要，重要的是，莎导说，Nga 公主还是一个极端庄的人。

我一看，果然端庄。为此，特地把她的画像拍了下来（图 1.21）。邓越娥，是哪位杰出的翻译工作者，替 Nga 翻译的中文名字哦？

图 1.21

实际上，这个结果也可以猜到。一般自闭的人，会有超凡的艺术能力。一个狂躁的疯子，也可能有相当宁静的内心世界。那么，一个端庄的人，说不定一直生活在自己的想象中……

“疯狂房子”的前身是一座古老的法式别墅，Nga 在它旁边筑起童话般的花园，园子里放满离奇古怪的雕塑。“人从诞生之初就与自然有着密不可分的联系”，这是她的营造哲学。这样的理念贯穿于整幢建筑：墙上的仿生式窗户，为房间带来充足的光源；藏身于树丛里的石质长颈鹿起到了立柱的作用，它以一定的角度倾斜，并分成枝杈，将屋顶的重量导向地面，又无需外墙承重。“疯狂房子”无处不流动着万物的生机和对神的虔诚。

与其说这是一幢建筑，不如说，这是一件超大型却有着细腻温柔质感的艺术品。

既然这么童话，我又这么喜欢童话，又怎么可以不感受一下呢？所以，我沿着很古怪的藤一般的通道，盘旋在屋顶，盘旋在各个屋顶之间。部分路段有点吓人，好在我为了保持一颗童心而克服了恐高心理。

 36. 只要你肯脱鞋，我们就不收你的费。

尽管我越南之行的重头戏还没登场，总共预计的八部已经写到了七部，四十二章已经写到了三十六章了。此时此刻，我有种笔马上快要没墨水了、本子写到最后一篇没纸了的感觉。

既定计划不能变！

可如何收场呢？

先吃饭。

仍然是按照既定计划，莎导带领大家前往位于春香湖边的Nhà Hàng Thanh Thủy（Blue Water Restaurant）。蓝水馆吗？蓝色的水上餐厅。干脆就叫作以“蓝”为名称的一家水上餐厅吧。其实它整体风格是紫色的（图1.22）。春香湖才是蓝色的。在蓝色的湖的旁边，这个紫色的建筑尤显其情调。这些建筑，从色彩到造型，完全没有去污染美丽的环境。拿我们单位用在渝湘高速公路上的一句话来说，就是“把高速公路轻轻地放在崇山峻岭之间”。注意，轻手轻脚在此处最重要。

我也留意到了大叻的一些建筑，甚至包括卫生间。留意到了路边的街灯。处处都貌似经过一番构思。我们的设计现在越来越要求标准化，我们的桥梁现在越来越要求有新意。我倒是觉得，我们的很多设计师，尚未从“匠”的境界提升到“师”的境界。我们的设计图，尚未从“图”的境界提升到“作品”的境界。我只知道这个结果，并不知道该如何去做。

图 1.22

在留意到路灯的时候，我第一时间想起了单位景观与建筑分院，为了技术和艺术孜孜以求的一帮同事们。拍下它们

（图 1.23），真实的想法就是给他们提供一点素材。回来之后，却又没有给。因为我自己也判断不了，我的审美能力究竟如何，我认为美的，真美吗？

图　1.23

关于卫生间，我要认真提一提。当时的确有这个需要了。当我有这个需要的时候，在以前很多情况下，都一时间找不到合适的地点。这涉及一个城市的公共设施的问题。

当我有这个需要的时候，就看到马路对面正有一个公共卫生间（图 1.24），规模还不小呢，卫生间建在山体一侧，重要的是有点像我们做的隧道洞门，不仅美观，还能消除进出洞口内外光线强度差异呢。

图　1.24

男女卫生间各在一侧，中间是管理房间，从窗口望进，刚好坐着一中年妇女，正在织毛衣。我想，这必定是收费员。如果如厕要收费怎么办呢？我迟疑半天，然后准备带着充满幸福中国人的自豪感昂首阔步进入。突然间，看到男厕门口放着几双拖鞋。还要脱鞋啊？

我看到旁边有一个提示牌，只认识 shoes。于是我就去了一次需要换鞋的卫生间。

出来时，居然没有收费。

我自我总结了一下，这个卫生间的口号是：只要你肯脱鞋，我们就不收你的费。

37. 点了一瓶当地很出名的白葡萄酒，印证一下越南人民距离中国梦到底还有多远。

话题回到 BLUE 餐厅。想起我们有海之蓝，天之蓝，以及梦之蓝。宣传语是，中国梦，梦之蓝。

根据这种系列称法，我建议这个餐厅改叫“湖之蓝”水上餐厅，简称“湖南厅”。很应景儿。那是下午时分，“湖南厅”里面有着不少外国人在喝咖啡。里面分布的二三十张桌子，八九成都有人。观察细微的我看到厅外沿湖都有“湖南厅”的外景地，如果没下雨，其实是有很多人在外面喝咖啡、赏湖光山色的。那么，厅内的这些人，有相当一部分是从室外转台转进来的，造成济济一堂。我们一行 9 人，围绕在以莎导为总领队的旅行团中央，分别点了咖啡或茶。

窗外远处的道路上，很多越南人披着雨衣、骑着摩托车行色匆匆。窗内的餐桌边，一群又一群的外国人在品着咖啡、听着音乐。他们畅谈，嘴巴一张一合的，声音却不大。我们这桌，以三顽童为首，顿成高谈阔论之势。

这一切，都是伴着优雅的音乐进行的。一曲结束，心细如发的服务员换碟了。动力火车的歌声响起来。

我代表中国人民感谢热情好客的越南服务员。

喝完东西，时间就差不多了。我们就在这个湖之蓝餐厅晚餐。在莎导的倡导下，点了一瓶当地很出名的白葡萄酒，印证一下越南人民距离中国梦到底还有多远（图 1.25）。咖啡、茶、酒及晚餐，总共花去 1955000 越南盾，不到 600 元人民币。

图 1.25

 38. 可以绕到山的背后，看到一群“深陷泥潭”的老外。

莎导提醒我，一定要补充，湖之蓝餐厅的餐单是有中文的，点菜轻松愉快，也是本次越南之行中，胡志明市、大叻、芽庄三地中，遇到的唯一一家具有中文模式的餐厅。我还记得黄娣一直对湖之蓝播放动力火车歌曲赞赏有加。这也是遇到的唯一一个播放中国歌曲的餐厅。后面还遇到一个播放中文歌曲的驾驶员，后面再提，有笑点。

我们在大叻住了两个夜晚。美好的风景、舒适的酒店、宽大的床、高高在上的马桶水箱。两个晚上的住宿费用，每个房间不到 500 元人民币。

文中如果多次出现“次日”，一定会把大家的思路搞乱。我写时思路是异常清晰的，不论思维如何跳跃。我总能跳回来，总能呼应前文。4 月 7 日上午，我们对大叻进行了补游。比如在春香湖划船，在湖畔骑马等。

春香湖位于大叻市中心，其本质特点可以用五五分账来形容：面积 5 平方公里，周长 5 公里。前文说到湖水是蓝色的。其实在 7 日晴朗天空照耀下，又有点儿像绿色的。水质非常好，适合下河洗澡。

但没看到洗澡和垂钓的。估计他们是因为没带香皂。湖畔绿柳环绕，天鹅在清澈的湖水上觅食，紫色湖之蓝位于水边的餐位，金发碧眼的欧美国人在太阳伞下品着香浓咖啡。而在对面的岸边，停靠着白色的游船，游船的船形，就是天鹅。岸上的城市，形成了环湖路。环湖路上，依然是匆匆忙忙的摩托车队；更有一身运动装和头盔的法国人，骑着自行车，飞速地搞环湖车赛，那“一众人马”，不比摩托车慢，像箭一般，转个弯就不见了。我猜山的背后，是一个巨大的陷阱，环湖赛的人们，全都栽将进去、不能自拔。

我在想，如果我能有时间，也要租一辆自行车，在天之蓝、湖之蓝的映衬下，慢悠悠地绕湖骑行一圈，实现我的梦之蓝。

更重要的是，可以绕到山的背后，看到一群深陷泥潭的老外。

然则，孩子们是一定要划船的。

5 平方公里的湖面上，就划行了三条船。一条是我们家的，一条是莎导家的，一条是黄娣家的。在这种地方，不挤不抢，不争不吵，大自然祥和地拥抱着我们，我们尽情地感受这种奢侈的享受。上哪儿找这么好的地方？

何军太小看我了，在游记评论说我因为和夫人在一起旅游，连美女也不敢拍，一张美女图都没有。

我是那样的人吗？当你看到图 1.26 时，回想到对朋友的妄自揣测，情何以堪？

图 1.26

 39. 这里风光明媚，四季如春，百花盛开时，如诗如画……

当然划船是需要付出代价的。三条船租金 18 万越南盾。

临近中午，我们来到新咖啡巴士站，我们早已在国内就订好这天中午 1 点从大叻到芽庄的车票。

巴士站的附近，有很多家餐馆，我们仍然选择了在行程规划里面有的、车站对面的 V cafe 用餐。餐厅内部依然壁上挂着各色照片，卫生间外面还有一面张贴栏，栏中贴满了各式便条。从便条中看得出来，很多国家的游客都来过。各种语言文字留下的“到此一游”相当精彩。其中也有汉字贴。我认真拜读了一下，大意是生活上遭遇了什么事，出来散个心，本来打算把生命终结于越南，考虑的是绝食这个方法，但 V cafe 的美食，挽救了我的生命，感谢你，赋予我第二生命的 V cafe，从此，大叻是我第二故乡……我猜这个人可能是患了厌食症这种病，误打误撞地得到了治愈。

我在进店之前拍照，拍成了另外一家餐厅，叫作 V cherry 的。图 1.27 只好用 V cherry 的照片来权宜代用。

店内服务员，居然是第二次见面。就在昨天的火车餐厅上，她就是服务员。

后来才知道，V cafe 跟火车餐厅是同一个老板。服务员们轮岗制，今天在此，明天在彼。我们恰好是今天在此，昨天在彼。彼此兼顾。

老乡见老乡，两眼泪汪汪。我们照例 rice 了一通。

图 1.27

临走时，我想到厌食症未必就不会复发，很想为上面那位厌食症患者回个帖子：平生不吃“老干妈”，纵是治愈也枉然。

坐在新咖啡开往芽庄的汽车里，我想大叻这个地方不太有机会重来了吧，我又没有厌食症。

所以……

大叻（图 1.28），一座高原城市，全年气温都在 20° 左右，是越南的避暑胜地，到处是法殖民时期留下的建筑。大叻以空气清新著名，以湖泊、瀑布、松林众多闻名。这里风光明媚，四季如春，百花盛开时，如诗如画……只有这种地方，才能产生美好的童话和故事！

从前的从前，有一只乌龟，叫作兔子……

图　1.28

 40. 他们的伐木工太少，我们的太多。

替新咖啡开车的是一位越南老人。一辆 20 来座的巴士，除了我们 9 位乘客外，还有一对中年上海人。人数达到 11。行李 22。超一倍。我觉得这应该算作行李车或货车更贴切吧。窗外下着雨，汽车一上路，我就发现路的周围再也没有什么建筑物了。山林之间，偶现伐木工的小木屋，以及他寒光闪闪的电锯。

200 公里路。安静异常。车外是山区公路，无车无人无野猪。车内是大人小人酣畅淋漓打呼噜。梦境分为 12 种，其中一种就是馨馨妹正在梦的：满桌的垃圾食品，有雪饼，有果冻，有爆米花……

不论道路通行条件有多好，车速都是恒定的。60 公里以下。

老人说，作为一名越南驾驶员，他并不算保守派。说这话时，巧遇下坡，他不慎把油门踩到了 59 公里 / 小时，自己都把自己惊出了一身冷汗。飙车是违法行为。

遍山的红木，伐木工还处在作坊式生产，距离集团式发展还有相当远的距离。

青山是美丽的。我在车上想，按照我们的发展模式，应该在这个青山中间开一个隧道，大叻到芽庄可能也就 100 公里了。加上稍微超点儿速，1 个小时也该到了。在大叻和芽庄这两大旅游胜地之间，建一条高速公路，形成一条经济带或者经济圈，那越南就可以赶上我们的发展速度了。

由此看来，金钱与宁静不可兼得。一般有了钱之后，心里就不再宁静，狂躁起来。

最好的方式是在热闹的经济圈挣钱，到宁静的地方比如越南慢慢地花掉。一进一出，付出的是劳动，收获的是愉悦。

他们的伐木工太少，我们的太多。

41. 踩着不变的步伐，并无任何慌张迟疑，带着梦幻般的期待和无法按捺的食欲。

驾驶员是不是真的飙车了？ 3.5 小时我们就进入了热闹的芽庄。一看就是一个大城市。

在车上的最后半小时时间，我们是不是显得太闹了？那时，昏睡之后的大小乘客都已醒来，醒来之后，要么开始吃这吃那，要么开始狂笑不已，整个车厢充满着欢乐。老驾驶员显然不太能够适应。既然不能对人发飙，那就对车发飙吧！

跳下车来，已是当地时间下午 4 点半。我看着我们一大堆的粮草辎重，正在思考如何转运至预订的酒店，莎导一边看手里的策划书，一边看街边的招牌，确认了我们入住的酒店 Nhi Phi，就在下车这个地方，入口处距离车门：3 米。

这也太无缝对接了点儿吧！

当然，这个入口通道完全就是一道缝。很窄。我们又鱼贯而入。前行 8 米，豁然开朗：一个高大开阔的酒店大堂呈现在面前。原来我们走的是后门。

酒店的大门在另外一条街，醒目地悬挂着三颗星。这家酒店，距离新咖啡巴士站最近，成了莎导的首选。第二天的行程是登岛，入住的会是岛店，第三天返回芽庄时，还会再住一晚。不过将会是另外一家酒店。因为那一天是越南的什么节日还是公休日，酒店住宿价格上涨，这家酒店价格翻倍。所以预订了另外一家酒店。

芽庄气温就比大叻高了许多。酒店房间跟胡志明市袖珍酒店相比，仍属于天堂级；跟大叻老爷车酒店相比，没什么特色。当然了，如果处处都有特色，也就失去了特色。

放下行李洗个脸，就又该吃饭了。

莎导说，请跟我来。于是我们就配合着莎导，踩着不变的步伐，并无任何慌张迟疑，带着梦幻般的期待，和无法按捺的食欲，先直行，再右拐，再直行，再过马路。

就到了 Lanterns Vietnamese Restaurant 灯笼餐厅（图 1.29）。

别人说，打着灯笼也难找。我们则是不费吹灰之力就到了。

图 1.29

 42. 大结局：各国游客别的不行，吃饭屡屡准点。

终于按照既定计划，写到了八部四十二章的最后一章了！我特别高兴。我最纳闷的是，在越南“Trai Mat”镇面对灵福寺半人半蜡像老僧时，就虔诚地承诺，回到重庆要用八部四十二章来记录越南之行，这么大的版面居然还没有包罗我们一行最感热爱和珍惜的珍珠岛，就面临大结局、全剧终了？

世间事，不留遗憾，就不算完美。

灯笼餐厅里面果然有灯笼。餐厅里基本坐满了。因为到了饭点儿。依然是一色的各国游客。各国游客别的不行，吃饭屡屡准点。

灯笼餐厅的饭菜就很丰富了，有春卷、烧烤，火锅是招牌菜。看到左右桌子都喝着越南啤酒，很是悠然自得，我立即通知服务员：来点 beer，开了盖子！

于是，我无论走到哪里，就喝到了哪里。

酒量是每况愈下，这一次，跟湖之蓝的白葡萄酒一样，莎导灌都没灌我，我又喝多了。在灯笼餐厅的这餐饭，用去 103.6 万越南盾，约 300 元人民币。

外国游客的表情总是多怪。你们注意（图 1.30）背后那个玩手机的男青年，他的脸，很有喜感。

图 1.30

吃完饭，街上已是灯火辉煌。我站在灯火辉煌的街头时，突然迎面袭来了一辆二轮车，他指着遥远的海边，我不了解他的意思。肢体语言交流后，才明白他的二轮车可以载着我们沿着海边转一圈，一圈 5 万。我换算了一下，不贵不贵。主要是这个二轮车没坐过，很有特色。其余 8 人认为毫无意思，坚持不坐。我只得挥一挥手，身后传来二轮车驾驶员降价的呼声：thirty！thirty！ 30 千。

第二天我才看到，那海，离我们吃饭的地方，合计 400 米。

事隔几个小时，大家各自都在房间，干的主要工作仍然是给各自的娃儿灌药。莎导几番催促，问是不是需要吃烧烤。

因为从灯笼餐厅到 Nhi Phi 酒店的路上，路过了好几家烧烤店（图 1.31），那是喝夜啤酒和吃海鲜的好地方呀！莎导说，她看上的那家店，晚上 10 点要关门。

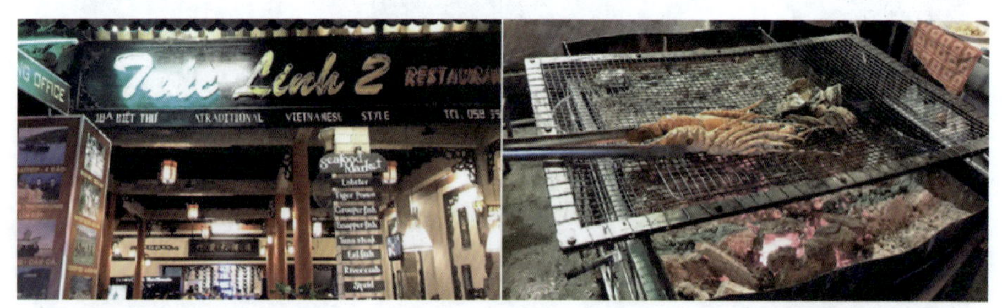

图 1.31

我一看时间，9 点过了。事不宜迟，时不我待。下到酒店大堂，莎导她们叫我留下来等姗姗来迟的黄娣，她们先去占位置和点菜。

给馨馨妹灌药是一件很艰巨的事情，所以黄娣下来得晚。

我们所去的这家，叫作竹灵大酒楼。临街的招牌写的是外国字，大堂正中悬挂的是上述这五个汉字，很熟悉。不过店员们应该也都是越南人吧。

我只说了一句话：酒，我不喝了。

行文至此,已是 2014 年 4 月 7 日深夜。轻松愉快的越南之旅，时间刚好一半。原定的游记写作计划得以顺利地、圆满地结束，合计八部四十二章。在此，我要恭喜大家，多少英雄豪杰苦苦追寻尚未能集齐的八部四十二章经，就这样被你们轻松得到!

二〇一四年四月二十三日，重庆

第二部

越南珍珠岛，苍茫云海间

 1. 珍珠岛，是一个很普通的名称，好像又很熟悉。

使出了全身九成功力，终于把《越南越魅力，且行且珍惜》的四十二章写完了。我正待今日痛饮庆功酒，不料有人告诫我，壮志未酬不准休。在最后一章，我明明是感谢了莎导的，她却还不知足，要我继续写完整个越南行。

我只好虚弱地用上了自己最后那一成功力。

珍珠岛，是一个很普通的名称，好像又很熟悉。不像神龙岛，有豹胎易筋丸吃；也不像侠客岛，有腊八粥吃；更不像桃花岛，有美丽可爱的黄蓉。

珍珠岛（Vinpearl Land）位于越南南端著名的中央海岸。莎导说，整个珍珠岛是由俄罗斯人开发的，成了俄罗斯人悠闲度假的胜地（图 2.1）。

越南处处是胜地。

一会儿是法国人，一会儿是俄罗斯人，怪不得说这趟旅游跟越南游客几乎没有接触。

汽车把我们从酒店拉到珍珠岛正对面一个我未曾到过的地方。那里海面总是澄清，那里空气充满宁静，火红太阳照在大地，藏着岛上最深处的秘密。我还以为自己到了一个海边公园呢。莎导说，这是珍珠岛的接待处。

图 2.1

2. 珍珠岛的接待处，本身就不亚于一个五星级酒店。

我突然就想起了《水浒》，在水泊梁山下，也专设有酒店式接待处，主要任务是迎来送往、打探消息。这不但是信息转运站，也是人物转运站，是梁山的山门，也是梁山的屏障，甚至可以说是梁山的安检口。更加重要的是，这里为上山的人提供了方便和快速通道。

珍珠岛的接待处，本身就不亚于一个五星级酒店。它被掩映在椰树群中。怪不得我还以为是进入了一个公园（图 2.2）。

我们预订了岛上的酒店，要在这里登记。酒店大门，已有两位身着越南服装的服务员在迎接，一位是越女，一位是俄女。我期待着办理好手续后，俄女向海对面的港湾里射一枝响箭，对面便摇出一艘快船过来……

莎导等能言善辩，管钱的、管事儿的小主们在前台办理相关手续，我等与儿童为伍者则把此地当公园。服务员端来 9 杯橙色饮料，在室外被太阳照得白花花一片的环境下，很是诱人，也很是好喝。当然，如果她们端上来的是一盘热腾腾的肉包子，我是不敢吃的。MADE IN 梁山的包子，一般都不知道是啥馅儿的。

穿过大堂，就是海边，可以看到对岸的珍珠岛正在向我们挥手，也可以看到比茫茫大海更遥远的天际线。游船码头停靠着两艘快艇。

图 2.2

酒店给的房卡，相当于岛游一卡通。有了它，可以玩转岛上一切，而不需要另外付钱。总共的费用，就只是岛上五星级酒店 3 个房间的住宿费：每个房间一千多元另补小朋友的午餐及晚餐费。

3. 而今何事最相宜？宜醉宜游宜睡。

我们早上在 Nhi Phi 酒店办理退房手续后，顺便把大件的、不必带上珍珠岛的行李寄存在酒店。此番在珍珠岛接待处办完手续，随身带的少量行李由酒店快艇送至岛上，我们则轻装上阵，坐酒店电瓶车到索道站。索道也是酒店的，凭房卡即可乘坐，在岛上的一切动态，均是如此，后面就不重复强调了。

索道是个特别好的工具。对于重庆人而言，并不陌生。如今的很多名山大川、旅游景点，也有这个装备，不过一律要单独收费。

过江的索道坐过，过海的索道是第一次坐。这条索道据说长三千米，属于东南亚最长的跨海索道。当我们居高临下时，地面、海面尽收眼底，漂亮无比（图 2.3）。在重庆，看惯了山，每每到了海滨城市，眼睛就好像被洗过一样，一切干干净净、坦坦荡荡。有网友写道："坐在缆车上俯瞰芽庄湾那一片湛蓝的海，心情随着视野开阔起来。"我也有同感。从这一刻起，加深了我在精神上被洗礼的感觉，也就是八哥做完 12 种梦境都想得到的：洗心。所以我强烈推荐他看我的游记，不是让他读内容，而是鼓励他勇敢地带着夫人、小孩，到轻松一点的地方去旅游。

图 2.3

行前，正如大叻墙上那个厌食症患者所言：为一些琐事所困，心情焦躁。出发前在商场挑选短袖 T 恤，相中并购买了的那件，就是一团乱糟糟的毛线图案。游历之后，感觉到民族英雄辛弃疾写得很好——万事云烟忽过，百年蒲柳先衰，而今何事最相宜，宜醉宜游宜睡。

 4. 我们发现了一只彩色的蜥蜴，在阳光照射下，特别好看。

跟许多人一样，看到岛上巨大的立体拼字 VINPEARL 时，都第一时间想到了好莱坞。

踏上珍珠岛的土地，就进入了一个欢乐世界游乐场。珍珠岛分成了好几个区域，水上世界，海底世界，购物及餐饮区，音乐喷泉广场，游乐场，运动中心，然后就是酒店区。游乐园占地约 20 万平方米。酒店区与前面所有区域之间，都需要刷卡通行，单独购买游乐场门票却又不住宿的游客，无法进入酒店区域。

游乐场里不少游客是年青的俄罗斯人，高且白，身材好，身体也好，尽情玩着惊险刺激的游戏。我们没去玩，因为没胆量。我们当中胆子最大的黄娣，也因受馨馨妹所累，没玩成刺激项目。馨馨妹随时都盯着她妈妈，采用的是我最喜欢的“人盯人”战术，于是黄娣就被锁死了。说来好笑，几十种娱乐项目，除了碰碰车外，我们就派出了三个小代表，玩了一次小飞象，一个安全系数高到了“幼稚”的项目。

好在我们发现了一只彩色的蜥蜴，在阳光照射下，特别好看（图 2.4）。

图 2.4

网上看到某游客写的珍珠岛攻略，确如其所说“岛上的消费很便宜，游乐场里各种饮料最贵的不会超过 4 元人民币，我换了 2000 元人民币的越南盾根本花不出去！”2000 元人民币的越南盾是相当庞大的金额了，在珍珠岛上的确没有办法花出去。

5. 珍珠岛好像更适合留给同志们拖家带口地去亲身感觉。

大自然真的很神奇，这只蜥蜴竟能生来自带一副“彩妆”。在与蜥蜴的竞速中，我略占上风，但也差点儿就没来得及用手机拍下来。这里的游乐设施基本上不需要排队，包括很热门的碰碰车，我们也就是等正在进行中的那一轮结束后，就顺利地进去了。三个小孩分别 1 辆车，各自 1 位大人陪着，我也独自开了 1 辆，参与活动。一群人碰来碰去，甚是有趣。尤其是笑点很低的小朋友们，狂笑不已……

孩子开心，大人就更开心。以前我们小时候，小伙伴很多，玩耍的游戏虽然没有电子化、装备化和设施化，但也丰富多彩，且道具简单、成本低廉，对场地要求也很低，不仅好耍，也容易耍。后来老师或者大人就常常引导说，玩得要有意义。“意义”二字，在很小的时候就开始接触了。所以一直到小学，能写作文和要求写作文的时候，不管描述任何事情，都要以“今天过得真有意义！”来作为结束语。现在想来，几个小伙伴一起堆沙，以尿为拌和剂，其意义究竟体现在什么地方？道具简单、成本低廉——区区一泡尿，又能值几个钱呢？而现在的小朋友，独家独户，孤家寡人，单打独斗，左右互搏，长期封闭于几室几厅。传统的玩法渐渐地失传，大人忙于工作和生计，与炽热、活跃、可爱、纯真的童心渐渐地失联。经常看到三岁小儿抱着手机或者IPad玩个不停，真是痛心疾首。

所以，对于小朋友而言，这一天的意义，应该体现在得到了愉快地玩耍，有朋友做伴。对于大朋友而言，这一天的意义，应该体现在从平日的繁忙和压力中抽身出来，陪伴或参与小朋友的玩耍，并以之为乐趣。

不然，我们就从小朋友儿时美好回忆中，消失了。

何军说，儿子看到大部分的照片里都只有他和妈妈的身影，问爸爸去哪儿了。何军说，正在给你们拍照啊。照片一天天变老，成为历史，貌似这段历史里面没有爸爸，但其实爸爸随时都在你身前。你对着镜头无忧无虑呈现着幸福的时候，拍照的人也正一边幸福着一边为留住美好瞬间而努力。

也许他拍照的姿势未必那么美好。何军拍照的姿势活像一只蜥蜴。

而我，则像一只壁虎。

爬嘛。

珍珠岛好像更适合留给同志们拖家带口地去亲身感受，这让我在写这部分内容时感到很不流畅、很吃力。

玩了小飞象之后，看到有卖甘蔗汁的，赶紧买了几杯喝。甘蔗汁在越南处处可见，价廉且宜饮。日饮蔗汁三百升，不辞长做越南人。

阳光很猛烈，虽然有海风相伴也有凉爽感，但在太阳直晒之下，还是感到火辣辣。阳光容易把人晒红了鼻头，晒黑了脸颊。我们进入室内的游戏大厅，有空调，更舒适。游戏大厅的左面，是一个低龄儿童玩耍的区域，有特别多的玩具，更有白雪公主和七个小矮人的造型——这是小女孩们的最爱（图 2.5）。三个小孩进去了就不出来。我们就到游戏大厅的游戏机区域玩，至少上百种形形色色的游戏机等待着大家体验，且都空闲着。我一个从不打游戏机的人，也去试了试。

图　2.5

6. 我们每到一个地方，都能享受到电瓶车提供的良好服务。

游乐园与酒店区域之间，有一道闸门，类似于地铁站进口刷卡处。我们将卡递给工作人员，工作人员刷卡，让我们通过，并用对讲机叫来电瓶车。说到电瓶车，我不得不评论一下，极是方便，不甩客、不超速、不超载、不排队、不拥挤、不要钱、不搭货。一切都显得轻轻松松，愉愉快快。这是诚挚的服务。我们每到一个地方（图 2.6），都能享受到电瓶车提供良好服务。

图 2.6

 7. 失而复得，完璧归赵，令黄娣无比惊喜和感激。

酒店退房时间是下午 2 点。不少游客都是在午餐之后退房和离岛。我们从游乐园到酒店，就选择了先吃饭（图 2.7）。免费的午餐很丰富，各式菜肴、酒水、糕点、饭面，让我们忘记了“老干妈”。

饭后到酒店前台，我们需要的房间已经就绪，用接待处的卡换了房卡。每个房间 3 张卡，每张卡都存有入住人信息及照片。珍珠岛酒店的服务员中，有会简单汉语的，真不错。从服务员苦练汉语来看，中国游客所占比例还是不低的。但我遇到的中国游客非常少，可能是因为清明节假期出国游的人比较少吧。

房间环境优雅，设施齐全，还带有阳台。阳台上可以观景，也有小圆桌和椅子，可以品茶。我个人认为，晒衣服更好。我们一家不太清楚下午的具体安排，莎导也没有下达指令，我们只好睡午觉。实际上，初来乍到，也睡不着。时间就一分一秒地流逝……后来回忆起来，这真是一个失败的下午，至少浪费了好几个小时游玩的时间。

有时候总以为时间大把在握，其实一寸光阴一寸金。

不知过了多久，莎导一一打电话，大幕拉开，音乐响起，新的游乐时间到来。大家带上游泳衣，去水上世界玩耍。小朋友们兴奋得不行（图 2.8）。在下电梯时，巧遇一女性服务员。黄娣跟她热情地打招呼。后来才得知，黄娣的墨镜不知道什么时候弄丢

图 2.7

图 2.8

了，既不知道是在对岸接待处就丢了，还是在本岛游乐场丢掉的，人海茫茫，何处是“镜”？根本无从寻找。酒店服务员得知了，告诉黄娣不必担忧，她去联系各处寻找墨镜，此过程可能需要半个小时。黄娣以死马当作活马医的心态想，找一找也是好的。但根据几十年的人生经验来看，在这么大的范围内、这么多人来人往的环境下，能找到墨镜的概率，微乎其微。

就在她准备写一篇文章来怀念逝去的墨镜时，女服务员带着她的墨镜轻快地来到黄娣的房间。15 分钟后，失而复得，完璧归赵，令黄娣无比惊喜和感激。酒店服务贴心细致，游客路不拾遗！

回想一下，这个搜索的面积是很大的，既要包括对岸接待处的大厅、海边，又要包括我们所经历的索道、电瓶车，还要包括登岛后的更大范围，甚至要包括餐厅。酒店服务员不但敢于承诺只要是在酒店范围内遗失的，就大可以放心，更敢于告诉客人，此过程可能需要半个小时。可见其管理是很严密的。假如我是酒店管理者，我想我不敢做出这样的承诺。

8. 公园里的商店，未像我揣度的那样价高货劣，这让我心中泛起购物的涟漪。

坐着电瓶车，一路欢声笑语来到了水上世界门口（图 2.9）。依然是需要刷卡通过。此时我才发现，刚才走得匆忙，插在房间内取电用的那张卡忘记带上，我们一家三卡变成二卡。门禁是需要按刷卡出现的肖像通过的，我的肖像没了。正打算回头去取，门卫同志主动给予了通融，用她自己的“通吃卡”，让我进去了。真好，驿路梨花处处开。

实际上我们进入水上世界的时候，已经距离公园关闭时间不足 1 小时了。不少光着膀子的游人都在冲水和换衣，我们衣冠楚楚一路逆行。

因为没有游泳裤，我要先到商店购买。公园里的商店，未像我揣度的那样价高货劣，这让我心中泛起购物的涟漪。东挑西选竟然也一大堆。为了装这一大堆，还特意购买了一只袋子（图 2.10）。这个袋子折合人民币 25 元左右，轻便实用，且做工精良。

最关键的是图案还很有特色，黄黄绿绿，煞是好看。

图　2.9

图　2.10

几经折腾，时间不多了。我们往水上世界纵深行进。三个小孩各购鸭子游泳圈 1 个，套在身上，摇摇摆摆像鸭子一般。走着走着，我看到路旁有条水渠，约两三米宽，通向深远，童心忽起，不再当“陆游”了，进入水路。渠水不深，但也能及胸腹之间，水面和渠边有不少大救生圈。我就套在救生圈里面，带着梦梦，往里面游。

游到可以玩耍的地方，有很多很多池子，大大小小。各种设施，怪里怪气，充满新鲜。我们挑选了一个最小的、设施最简单、最幼稚的池子。那时，基本都没有游客了，大家玩得自由自在。

图 2.11

回到酒店，丰富的自助晚餐又让“老干妈”被冷落了。餐厅旁边是酒店的大厅，大厅的中央，一支乐队在演奏，并且有一位皮肤黑黑、身材胖胖的女歌手在唱歌（图 2.11）。一些客人坐在前面听。饭后的莎导也跟着欧美人学，坐在一个角落听越南人唱歌，还鼓掌什么的。由于我吃了个“太保”，没法坚持，必须得来回走动，以利于消化。

一会儿，莎导说出发。原来水上世界的旁边，有一个音乐喷泉，晚上 8 点钟有表演。我们一行到达时，天色全黑，音乐喷泉对面的看台上，已经有不少游客就座，音乐已经开始。所谓音乐喷泉，也不太稀奇，就是采用了声光电技术结合着喷泉起起落落。一曲终了时，水幕中间会被激光照射出一个穿戴得像魔术师一般的人影来报幕，并会形成一些字。

 9. 不给攻略的游记，不是好游记，更不能成为“名著”。

为了表达推荐之意，攻略不可少。网上有现成的，我刚刚查询到一篇很好的攻略，跟其他攻略相比，具有指导性，在此特别推荐给大家参考。

不给攻略的游记，不是好游记，更不能成为“名著”。

珍珠岛与芽庄隔海相望。为了方便管理，在芽庄海岸边建了一个接待中心，所有上下珍珠岛的游客都要经过这里。上下岛有两种交通工具：缆车和快艇。只要入住珍珠岛，这两种交通工具可以任意选择并且都是无限次免费搭乘的。

在接待中心办理入住登记手续，拿到房卡和行李牌后我们被安排坐着 Tuc Tuc（电瓶车）到缆车出发站，而后直接坐上了缆车直达珍珠岛。珍珠岛上缆车终点站设在岛上游乐场内，穿过游乐场找到 Tuc Tuc 接送站再次坐上园内电瓶车直接被送至酒店大堂。园内的主要交通工具就是小电瓶车，免费乘坐，随叫随到。

岛上娱乐包括如下项目，只要入住岛上酒店可无限次免费享受这些项目：

1. 室外游乐场，包括过山车、海盗船、飞椅、转马、小型动物表演，观景轨道车……其中观景轨道车，可自己操控又不失刺激，还可以在山顶观看到珍珠岛美丽的景色，但排队人数也比较多。

2. 室内游乐场，建在室外游乐场中的一所大房子，里面很多游戏机，碰碰车，4D 电影厅……

3. 海底世界（挺小，但还算精致），孩子们很喜欢，一小时足足走完。要提醒的是它有两层，地下一层入口不容易发现。

4. 水世界，包括各种滑道，冲浪池，儿童戏水池，专属海滩。各种滑道的刺激自然不用多说，孩子大人都一遍一遍地重复享受。这里值得一提的是海滩，虽然酒店区域紧邻一个很棒的海滩，但不得不说水世界中的海滩景致更美，只有去到那儿也许才能体会。

5. 泳池，在酒店区域有四五个大大小小的泳池，多数比较浅，适合孩子们玩，有一个是一米八水深的池子。

6. 岛上每日活动，包括瑜伽课、沙排比赛、足球比赛、水上篮球比赛、羽毛球比赛、乒乓球比赛、网球课程……园区内有当日和次日活动通知木牌。

7. 高尔夫（没参与，不知道详细情况）。

8. 健身房（面对大海在健身房运动，感兴趣你也可以尝试一下）。

总之，岛上的这些娱乐设施不会让你在度假期间觉得无聊。

 10. 在我们心中，它真的就是一枚精致可爱的珍珠。

房间阳台正对着山。因为酒店是背山面海，房间要么是山景房，要么是海景房。海景房应该风景更为美丽。我们在拿房卡时，服务员给了我们一句提示，其中夹杂了个 mountain。我当时灵机一动，问：你说的是不是山景房嘛？服务员连连点头。

夜晚的珍珠岛一片安宁。我站在阳台上，顿感明月如霜，好风如水，清景无限……

清晨如期来临。原本打算利用半天时间，重游乐趣无限的水上世界，哪知道餐厅的外面就是很大的游泳池，游泳池的浅水区有一个儿童滑梯（图 2.12）。三个无知小孩看到之后，就再也不想到水上世界去了。唉，其实，水上世界比这个可好玩多了。我都还想去，结果万万没想到被孩子们羁押于此。

图 2.12

明明来到了海岛上，我却还没到海边看看。幸亏馨馨妹在水中玩耍时，非要扭住黄娣，让我们得以抽身。从游泳池走到海边，不需要几分钟。

海边不少人在晒太阳、玩沙和戏水。我坐在海水里，感受着潮起潮落的冲击，思考渺小的人生，回忆历史的长河（图 2.13）。

图 2.13

不知玩了多久，大家想起了海豚表演，赶紧从水里出来，换了衣服就去坐电瓶车。结果还是慢了半拍，表演已经开始，未入场的游客不能再进去了。

海豚馆的旁边，是海底世界。入口处有一只可爱的小丑鱼，以及一张巨大的嘴巴。我跟小朋友们一起快乐地留了个影（图 2.14）。海底世界自有它独特可爱之处，大型的或憨或凶，小型的多彩多姿，迷你的和蔼可亲。

半日就这么过去。我无限留恋地在海底世界旁边的水上世界大门旁拍了几张照片。

回头总结总结。珍珠岛是我们一行 9 人在还未离岛时就开始怀念的岛屿。在我们心中，它真的就是一枚精致可爱的珍珠。

《越南珍珠岛，苍茫云海间》至此结束，共计 10 章。

图 2.14

二〇一四年四月二十九日，重庆

第三部

芽庄占婆庙，水上四岛游

 1. 我们告别珍珠岛，开始了芽庄的旅程。

乘着快艇，我们告别珍珠岛，开始了芽庄的旅程。

快艇与索道相比，在欣赏风景方面差了许多。但也有其好处。根据猪八戒吃人参果的悲惨教训，后人们总是有这样的一个心思，当你面对美好事物时，总想不慌不忙、细嚼慢咽，比如面对一桌大餐，莎导等第一反应是掏出手机摆拍一番，然后发朋友圈，决不能囫囵吞枣、风卷残云、暴殄天物。朋友圈里的朋友赞了评了，才开始动筷子。但到了需要离开的时候了，依依惜别、一步三回头不是明智的选择，要果断跑开。这就是所谓的款款而来，匆匆而去。

从快艇码头上岸后，稍作休息，然后上了早已预约好的面包车，我坐在副驾驶位。车外艳阳高照，车内空调宜人，大家昏昏欲睡。驾驶员特意挑了几首中文歌，《何日君再来》从 CD 中缓缓播放出来。我想，君还没走呢，唱这首歌是不是太早了点儿。但转念又想，这位不懂中文的驾驶员，也是出于服务行业一贯的细心，知道我们是中国人，特地为大家播放中文歌曲。

昏昏欲睡的她们嫌歌曲有扰清梦，叫嚣着关机。驾驶员也听不懂说的是什么。我只好伸手调低了音量。不一会儿，《何日君再来》播完，自动进入下一曲，下一曲是越南歌，驾驶员飞快地伸手连续按“下一曲”，直到另一首中文歌曲，并顺手调大了音量。我又伸手调低。

2. 占婆塔的建筑风格有些吴哥窟的味道。

我们将要去的第一个旅游地点叫作占婆庙。至于占婆是什么人，包括历史的、宗教的、人文的，说来就复杂了。总之占婆庙里面是有一个被供奉的神仙。在越南的历史上，占婆曾经是一个民族或氏族，强大的时候也曾经建立过占婆国，风光无限。但追根溯源，越南人仍然是神农氏的后代。

经过一座大桥，就来到占婆庙的山门。此处需购票，门票大约一两元人民币。此处地势略高处，有土色建筑，面朝大海，里面供奉的那尊神仙，必定是保佑海上作业一帆风顺的了。从下面看上去，并不感觉到气势宏大、殿堂精美。

爬到小山上，能看到一个面积不太广阔的平台，几座庙塔都集中在这个平台上。近距离观看时才发现其还是很高大雄伟，并且建筑风格与国内佛教、道教建筑还是有很大区别。土土的颜色在晴朗湛蓝的天空衬托下，竟然显得闪闪发光——当然，也许是白花花的阳光把我的眼睛给照花了。网上有游记写到，“婆那加占婆塔建于公元 7—12 世纪，是印度教的建筑，占婆塔的建筑风格有些吴哥窟的味道，但是规模小得多，雕刻也没有那么的细致。”

我们绕着建筑转了一圈，在主建筑神庙外面乘凉休息。我一看，席地而坐的善男信女还是不少。本想进庙参拜一番的，门口却有告示牌，大意是露膀子露腿的不许入内。我们都是短衣短裤，自然不符合规定了。大老远来一次，很遗憾。

后来不死心，百度了一番，终于看到里面的女神略黑的脸。我突然想起胡志明市导游小徐曾经说过，我们越南人皮肤都很白的……

不深究了，上图（图 3.1）。

图 3.1

 3.“越”中生女尽如花。

芽庄位于越南南部海岸线最东端的地方，芽庄的海滨沙滩一望无际，白沙细滑，潮平水清，海底千姿百态的珊瑚，色彩斑斓成群追随在潜水者身旁的鱼类，足够让海底探险者乐此不疲。芽庄是海滨旅游的理想胜地。现在的芽庄海滨更是顺应了休闲、健身、旅游的潮流，芽庄度假区还提供温泉浴、矿泥浴等休闲健身服务。

在继法国、俄罗斯的休闲度假胜地后，又看到了美国的度假胜地。所以说，越南处处是胜地。在查看网上游记的时候，发现了一个高手，高手也是沿着我们的路线走过一遍的，照片质量相当地高，游记内容超凡脱俗。就芽庄这个小城来看，除了度假胜地外，从它著名的景点——占婆庙、教堂、皇宫来看，的确是一个多文化汇集的地方。高手感叹道：越南的特色，就是它的历史过多的被他国的文化所支配，而这种文化到今天依旧保留着很浓重的痕迹，以至于盖过了越南本土的特色，成为越南的一个代名词。在欣赏这些优美建筑的同时，从本国人民的角度来看待，心中或许有一些无奈的哀伤……

越南国土呈现一个南北走向的长梭形态，导游小徐曾经说过，那像是我们越南美女的身材。神情之间甚是自豪。我东看看西望望，真的有点儿神似云南石林阿诗玛那块石头。在芽庄吃海鲜的时候，看到几个越南美女腰身之细，如不是亲眼所见，还不敢相信。

说到越南美女，突然想到一句诗：越中生女尽如花。虽然此“越”非彼“越”。

如花，你们都认识噻？

国土形状注定了其国家海岸线较长，吃海鲜不成问题，美丽的海岸风光也很引人入胜。

除了风格类似吴哥窟的占婆庙，芽庄还有风格类似巴黎圣母院的芽庄大教堂。原本以为芽庄就是生产芽菜的一个农庄，结果还是一个历史文化名城。

4. 东临碣石，以观沧海。

从占婆庙出来，我们再去了两处景点，一个是泥浆浴场，一个是钟屿石岬角，前后顺序现在记不清楚了。钟屿石岬角，这个景点的名称粗粗一看，会让人眉头一紧：一堆字，念也不想念，认也不好认。仔细辨识一番，却又发现五个字当中，最多也就只有一个字不认识。但要说它堆在一起是什么意思，就困难了。有人说名字挺美的，我则说名字挺形象的：乱七八糟一堆石头。跑过去一观赏，果真如此（图 3.2）。

资料称，钟屿石岬角是芽庄少有的花岗岩海岸，花岗岩石延伸至南海，风浪大时惊涛拍岸，风平浪静时宁静质朴。我没看出有何稀奇来，也许这个景点是需要坐在石头上，看日月之行与星汉灿烂，并且认真感悟的。这就是“东临碣石，以观沧海。水何澹澹，山岛竦峙。”

图 3.2

泥浆浴场好像也是芽庄旅游必须体验的一个项目，也就是洗泥巴澡。泥巴澡分为热的凉的，我们看气温不低，选择了凉的。我们 9 人共 90 万越南盾。说是洗了泥巴澡，一身皮肤会很光滑。但当我们面对泥巴池子时，多少也还有点厌恶，不敢立即进去。考虑到入乡随俗和高达几十万的门票，才跳下去的。

我们这个池子的规模，对于我们 9 个人而言，偏小了点儿，幸亏其中 3 个是小孩子。泥浆不断地像自来水一般灌入池子，沾在身上，滑溜溜的，大家不一会儿就成了“出土文物”。有的游客甚至把整个脑袋和头发都弄上泥。想到传说中泥浆对于护肤的作用，我也把脸给“泥”了。没想到，泥浆里面有很细小的颗粒，不知道是盐还是什么，弄到眼睛里，痛得不行。

泥巴浴也不宜洗得太久，起来后，先把全身的泥巴给冲干净，冲不干净的泥巴还可以借助（图 3.3）一个能激射水柱的墙来冲洗。这个墙水柱对射，劲道十足，让我第一时间就想起少林寺的铜人巷，打不出这巷子，别想下山去。冲洗干净后，可以去温泉汤池、游泳池玩。

图 3.3

 5. 我竟然把店里面的芥辣膏顺手牵羊拿走了。

人人都说越南的海鲜既便宜又新鲜。在芽庄吃一顿海鲜，也是很多游客的必修课。我们自然不例外。靠近海边的一条街，有着“连绵不绝”的海鲜店铺。根据攻略，我们选择的是 Nhat Phong 3 Seafood。我们选择三楼一张桌子坐下（图 3.4），我就让服务员给上了 4 灌冰镇啤酒，先喝起来，凉快下。莎导等在底楼

图 3.4

负责点菜。

不一会儿，服务员就端着菜来了。既来之，则吃之，我们本想等一等点菜的同伴，后来想估计她们也差不多该上来了，上面老的老，小的小，饿的饿，渴的渴，不如先吃起来，把吃海鲜的气氛营造起来！看着旁边跟我们差不多同时来店里的一群上海客人，还久久没等到菜，我心里想，莎导很能干呀，三下五除二就把菜点得七七八八了，四五个菜陆续上桌，速度快快的。

我都喝完了 2 罐啤酒的时候，她们仍然没上来。我不习惯喝快酒、急酒，所以这个时间还是比较长的。于是，我就下楼去看，一群人正忙着呢！原来点菜太麻烦了，语言又不通，海鲜也不太认识，还要先问价格，再称重量，好久都还没搞定。想吃的一些品种没看到，又喊不出中文名字。比如，她们安排我去找生蚝在哪儿。我正在想我怎么去找，没料到脚下就正好踩着一只生蚝的壳。我赶紧拿着壳去问服务员，服务员告诉我，它在门口。我一看，果真如此。

邻桌上海客人也是个女士点菜，借助她的英语能力，我们才点到一些好菜。

点菜工作估计持续了 1 小时。待我们的点菜人上到三楼我们那一桌时，居然说桌上那些菜——根本不是她们点的。莫非我们吃了上海客人的菜？

莎导把服务员喊过来，教育了一通。上错菜，是你们的责任。这些菜，把我们这帮人的肚子占了，我们自己点的菜都吃不下去，损失惨重！

属于我们的菜，后来陆续上桌，果然非同凡响，一个比一个精彩。比如说个头特别大的海螺呀，比如说龙虾呀……那时候我2罐啤酒下肚，已经晕了，不记得有其他什么了。反正龙虾给我留下的印象十分深刻。可能因为喝醉了的缘故，不知怎么回事，走的时候我竟然把店里面的芥辣膏给顺手牵羊拿走了。

这一顿丰富的、超多的海鲜大餐，共245.5万越南盾，折合人民币700多元。

6. 如果我以少女岛游记为题，他必定连续追看三天三夜。

四岛游是芽庄旅游的常规动作，类似于重庆的两江游。最初听到四岛游这个项目时，蒙蒙外婆、馨馨婆婆乃至于我，都以为是“四导游”，我们还在一起分析了一下，怎么要来四个导游？接待规格太高了点吧？

具体哪四个岛，不详。刚从珍珠岛上下来，一种“五岳归来不看山，黄山归来不看岳，珍珠归来不登岛”的心态，所以也没心思具体问。说到旅游爱好者徐霞客，小时候我一直以为他叫作“徐侠客”，以为是仗剑走天涯的江湖豪杰。我妈在观看电视上的选秀、相亲等娱乐节目时，每每看到选手自我介绍中“爱好”写的是“旅游”就嗤之以鼻。我妈说，旅游还是个爱好啊？哪个要不来嘛？我说，别个至少没有把“特长”写成旅游噻。

话说在胡志明市，导游小徐让我们给了每人3美元的导游费，后经查证，我们总共只需支付10美元，多余的17美元退回，填补到四岛游项目中去。四岛游收费为10美元/人，其中包含车接车送、船接船送、午餐一顿等。这么算起来，好像挺便宜的。后来参加四岛游的时候，听同游者讲，他们四岛游都是 7 美元 / 人，据说是通价了。我网上一查，的确全网都是 7 美元。这么说来，补给我们的 3 美元，刚好就是我们四岛游的上浮价格。

没有找回经济损失，但是，找回了精神损失，精神高于物质，并没有吃亏。

四岛游，船上的导游其貌不扬，皮肤色彩按照小徐的说法，那叫作已经坏死。这不管他，关键是他与所有四岛游导游（这句话怎么感觉那么饶舌）一样，都是富有快乐情绪和善于搞怪的。他的语言能力很强，英语、俄语、粤语、普通话都能来点儿，越南话自然不在话下。

我们登陆的第一个岛，岛名叫做 Mieu Island，汉化了叫作妙岛。这名字取得没什么寓意，比桃花岛、广阳岛这些差远了。妙岛，拆其形，叫作少女岛也该好一些。何军不是一直等着看越女么？如果我以少女岛游记为题，他必定连续追看三天三夜。妙岛是需要单独购买门票的。

远远就先看到一只庞大的海盗船。海盗船的奇形怪状，总是能吸引广大小朋友。海盗是令人发指的，但海盗船却往往充满了传奇色彩。登上海盗船，看到一望无际的大海以及岸边一只大爬海（图 3.5）。爬海，动物名，趴在海边看海。也有学名，叫作螃蟹。我问小朋友们，那只爬海是真的还是假的啊？她们说，那还能有假？

上岛首先就遇到一个大嘴巴，长满牙齿，还没一个蛀牙。海盗的家园，意味着那是吃人不吐骨头的。

图 3.5

 7. 红烧肉，爬爬虾，能吃否？

下得岛来，继续海游。船行至第二岛，岛不能登，船则不靠岸。导游提示大家可以在海水里游泳，也可以参加摩托艇、降落伞等自费活动。不少人选择了游泳。我回望馨馨妹，这个号称哪吒的孩子，不知道在酣睡还是在干什么，总之不能闹海了。我不会游泳，很是羡慕。

船上的蓝色椅子，居然可以把靠背放倒，搭平成为一张餐桌。游客沿着餐桌坐一圈，午餐的盘子就在餐桌上摆满一圈。这所谓的丰富的午餐，我们登船后不久就看到，是早已制作好的，貌似既不卫生，又不好吃。我因为肚子饿了，又因为带着“老干妈”，就只吃了米饭。一时间，我们的“老干妈”在珍珠岛退出两天之后，复出并大放异彩。船上不少四川的同志与我们一起分享。身在异乡为异客，每逢“吃饭”倍思亲。“老干妈”，对于云贵川的同志们来讲，也算是半个亲人了。

我们的旁边，是一群来自云南的老年人队伍。据悉，他们已经离家一个多月了，游历了东南亚多个国家，旅游行程还将持续半个多月。我不禁感慨，真是老有所享，老有所乐，老有所游啊！我旁边的一位老大爷，感觉自己走了那么多国家，阅历丰富，老姜老蒜。直指桌上饭菜，曰（yue）：7 美元的费用，还有这么丰盛的饭菜，太值了，太值了！

我承认他的前半句。不太恭维后半句。7美元来说，四岛游还包午餐。但……这午餐?

老年人是节约的。勤俭节约当然是美德。他们这次出行，跑了那么多国家，每个人也就花费几千元。老大爷说，他们一般都是住40元左右的房间，条件还不错。这让我汗颜。回想起在胡志明市，我们住的那个价值180元的旅馆，居然还能给我们造成不堪回首的记忆?

我夫人认为，既然都出来旅游了，又何必搞得像逃难似的呢?

蓝色椅子的功用还不止于此。饭后，盘子碗筷收起来，导游搬了个简易的架子鼓上来，开始又跳又唱地带着大家丰富饭后娱乐生活。导游、船长、大副二副三副四副们，真是具有超级无敌娱乐精神，载歌载舞的。尤其是那个船长，还能一边开船，一边唱歌，一边喝酒。部分游客的情绪也被带动起来，很热带风情的感觉。其中一位越南干瘦女人，居然跳上桌子表演，甚是投入，其“精彩程度”让我把视线投向了船外遥远的风景。

在导游的盛情邀请下，我家梦梦居然也爬上了桌子，这叫作应广大观众邀请表演唱歌。我十分惊讶。梦梦从来不会干这种事情，让她在家里面给全体家人表演个什么，她也是不敢的。我为她的勇气所折服。当然，她也是一副赶鸭子上架的委屈脸，站在导游身边时，明显感觉到惊慌失措，甚至有点儿快要哭了的感觉。跟着导游胡乱哼哼了个一闪一闪亮晶晶什么的，就逃也似的下来了。下台后，表情才恢复了自然（图3.6）。

上台前　　上台前

表演中　　下台后

图　3.6

 8. 老子说了声“尴尬”，走开了。

一边娱乐，一边行驶，船来到了我们一直回味的珍珠岛，并渐行渐近。我告诉几位队友说，这四岛游的第三岛，就是珍珠岛了，大家可以登岛游玩！大家听后一阵兴奋。结果，的确是登岛了，是购买了珍珠岛游览票的同志们登岛了。再次告别珍珠岛，我们来到了平静的海面。导游说，又可以游泳了。

他喊我们，我们原地不动，他自己穿着游泳圈率先跳入大海。

导游在海上摆了一瓶酒，招呼大家，跳下来的有酒喝，不下来的只能看。先前游泳的游客，再一次下海。我们船上的则全部挤在一侧看他们喝酒。话说一名广东某大学的女学生，虽然没带游泳衣，但再也按捺不住，回头问我们：你们介不介意我穿着内裤下去啊？友好的游客们纷纷都说不介意。

她就果真穿着内裤跳下去。得到了一杯美酒。

在大海游水，那是多么有胸襟啊！我想。

于是，我也就换了游泳裤，攀着梯子，进入大海。尽管有救生圈加救生衣，我初入水仍然恐慌。稍微适应一下后，才觉得眼前一片辽阔，脚下水深万丈，感觉好极了。好极了之余，发现自己无论如何划水，都无法靠近就在眼前的导游，快要飘走了。

费了九牛二虎之力，才到了导游身边，如愿获得酒一杯。那酒太难喝了！早知道就不下水了。尤其是看到导游洗酒杯是直接把杯子浸入海水里晃两晃，就又倒上酒给其他人喝。

第四岛是个海边浴场。我们带着小朋友登岛，并在海边游了好一大圈。四岛游宣告结束。

我们直奔芽庄的机场，乘坐从芽庄到胡志明市的航班。在国内预订时，莎导曾经宣布，那将是一趟比基尼航班，说什么空中服务员全都是穿比基尼的。后来亲身经历之后，我才发现所谓的比基尼航班，不是穿得少，而是行李重量有限制，托运行李不免费，需要自己掏钱购买重量，我们每家人购买重量为 15 公斤。对于飞机而言，貌似穿了个比基尼。对于我们随身行李而言，我们相当于穿了个军大衣。

在芽庄机场，已经超过起飞时间了都还迟迟不能登机，我们在机场候机的状态恰好被玩相机的小朋友捕捉下来，这里跟大家分享一下（图 3.7）。

正常候机时间内， 心情愉悦，神色泰然

1 小时后，凌乱

图 3.7

4 月 10 日晚，我们顺利到达胡志明市。11 日一早，乘坐 8 点钟的南航，离开了越南，上午就回到了祖国的怀抱。

一个相对悠长的越南假期，一个专注玩耍的美好时光。回想自己这几年，又何时得以这样轻松、愉快、休闲？回想女儿这几年，又何时得到父母陪伴、小朋友做伴连续纯玩七天七夜？

向来枉费推移力，此日中流自在行。且行且珍惜。

二〇一四年五月五日，重庆

后　记

为了便于阅读，文中引用了《甜蜜大叻的“疯狂房子”》(2010 年《南方人物周刊》,作者:达达 ZEN)、《越南胡志明—珍珠岛—芽庄行攻略》(2013 年新浪博文，作者：四月旺宝宝)等文章部分内容，在此向作者表示敬仰之情与感谢之意。